# हिन्दी के नौ सारथी

लेखिका
**रिंकल शर्मा**



फ्यूजन बुक्स

**प्रकाशक : फ्यूजन बुक्स**
X-30 ओखला इंडस्ट्रियल एरिया, फेज-II
नई दिल्ली - 110 020
फोन : 011- 40712200

---

**Hindi Ke Nou Sarathi**
by : *Rinkal Sharma*

# सम्पादकीय

हिंदी हमारी मातृभाषा है, ये बात मैंने बचपन में ही सीख ली थी। उत्तर-भारत में पली-बड़ी होने के कारण हिंदी के प्रति आदर भाव और लगाव शुरू से ही था। लेकिन हिंदी के प्रति लोगों का बदलता नजरिया, कहीं-न-कहीं मन को परेशान करता था। बहुत सालों से दिल के अंदर एक टीस थी कि जिस हिन्दी माँ ने हमें इतना कुछ दिया है, तो मुझे भी उसके लिए कुछ करना चाहिए। लेकिन कैसे? और क्या? बस ये समझ नहीं आ रहा था। बहुत समय से बड़ी ही असमंजस थी। बस, एक स्वप्न था, जो कहीं-ना-कहीं जागते हुए भी देख रही थी।

उस दिन नरेंद्र कुमार वर्मा को जब मैं अपनी पुस्तक ''लर्न फ्रेंच थ्रू हिंदी'' की फाइनल कॉपी देने गयी, तो उनके साथ लम्बी बातचीत हुई। बातों-बातों में, मैंने उनसे कहा कि "मैं हिंदी भाषा के लिए बहुत कुछ करना चाहती हूँ।'' उन्होंने कहा कि यदि आप हिन्दी के लिए कुछ करना चाहती हैं तो हिन्दी से प्यार करने वाला कोई भी व्यक्ति आपका सहयोग किये बिना नहीं रह सकता।

उस दिन मैं अपने और नरेंद्र कुमार वर्मा के विचारों का मंथन करती रही। तभी मेरे मष्तिष्क में एक विचार आया कि क्यों ना एक ऐसी पुस्तक तैयार की जाये, जो माँ हिंदी को समर्पित हो। और जब हिंदी का ख्याल आया तो स्वत: ही कुछ नाम आँखों के आगे नृत्य करने लगे। ये उन लोगों के नाम थे, जिन्हें हिंदी के हस्ताक्षर कहा जाता है। और ये उन लोगों के भी नाम थे जिन्हें हम लोग बचपन से सुनते, देखते और पढ़ते आ रहे थे। मस्तिष्क में उठे पुस्तक के विचार, आँखों के आगे नृत्य करते हुए कुछ नाम और दिल में उठे हिंदी के प्रति जज़्बे का संगम है ये पुस्तक ''हिंदी के नौ सारथी।'' अगले ही दिन, मैं फिर से नरेंद्र कुमार वर्मा जी के पास गयी और अपना विचार उनके सामने रखा। नरेंद्र कुमार वर्मा जी मेरी बात से सहमत हुए और पुस्तक का ताना-बाना बुनना शुरू हो गया।

पुस्तक के लिए सबसे पहले मैंने एक सूची तैयार की, जिसमें मैंने कुछ नाम रखे। लेकिन नामों की सूची तैयार करते समय, मन में कुछ खटक रहा था। क्या था, समझ नहीं आ रहा था। तभी मेरी नजर चाचा चौधरी कॉमिक्स पर गयी जो मेरा बेटा पढ़ रहा था। पुस्तक को देखते ही मेरे मष्तिष्क में जो हलचल थी, वो समाप्त हो गयी। दरअसल हिंदी के सेवाकारों की बात चले और हम ऐसे लोगों को भूल जाएँ, जो पीढ़ियों से माँ हिंदी की सेवा करते आ रहे हैं, हिंदी को रोजगार की भाषा के रूप में भी मजबूती देते आये हैं, ये शायद माँ शारदे को भी मंजूर नहीं था। और, मैंने झट से नामों की सूची में परिवर्तन किया। लेखकों के साथ हिन्दी के प्रकाशकों को भी अपनी योजना का हिस्सा बनयाय।

इस पुस्तक में मैंने जिन लोगों के नाम लिए, वो सभी अपने-अपने क्षेत्रों के महारथी हैं। लेकिन इसका अर्थ यह नहीं है कि जिन लोगों के नाम इस पुस्तक में नहीं आ पाए हैं, वो माँ हिंदी के सेवाकार नहीं हैं या उनका हिंदी के प्रति योगदान किसी भी तरह कमतर है। बहुत से बड़े लेखकों, कवियों, गीतकारों और प्रकाशनों के नाम इस पुस्तक में नहीं आ पाए हैं, लेकिन इससे उन्होंने देश की भाषा और साहित्य के लिए जो कुछ किया है या कर रहे हैं, उसको नाकारा नहीं जा सकता है और ना ही ये उनका अपमान है। पुस्तक में जिन लोगों के नाम हैं, वो हम सभी के आदर्श रहे हैं और उनके हिंदी भाषा के प्रति समर्पण के हम सभी कायल हैं।

इस पुस्तक में जितने भी सम्मानीय नाम हैं- श्री अशोक चक्रधर, श्री सुरेंद्र शर्मा, डॉ कुंवर बेचैन, सुश्री मृदुला गर्ग, सुश्री ममता कालिया, श्री अरुण जैमिनी, श्री अरुण माहेश्वरी, सुश्री मीरा जौहरी और श्री नरेंद्र वर्मा जी। इन सभी का मैं दिल से आभार प्रकट करती हूँ। ये सभी इतने बड़े और महान व्यक्तित्व हैं, कि इनके बारे में कुछ कहना, मतलब सूरज को दीया दिखाने जैसा है। लेकिन सभी महानुभावों ने पुस्तक के लिए अपना पूर्ण सहयोग दिया। अपनी व्यस्तताओं के बावजूद सभी ने मुझे मिलने का समय दिया, अपने विचार प्रस्तुत किये और सभी ने हिंदी के लिए किये जा रहे इस प्रयास की भूरी-भूरी प्रशंसा की।

इस पुस्तक में, मैंने सभी महानुभावों के बारे में वही लिखा है जो मैंने पढ़ा, सुना और महसूस किया है। सभी महानुभाव उन पुष्पों की तरह हैं जिन्हें हिंदी भाषा नामक धागे ने एक माला में पिरो कर रखा है। और जिस तरह, हर पुष्प की सुगंध और उसका रंग अलग-अलग होता है, उसी तरह पुस्तक के नौ सारथियों के विचार और विधाओं को भी मैंने अलग-अलग पाया। ये

सभी शक्तिशाली और प्रेरणादायक व्यक्तित्व के स्वामी हैं। मेरा मानना है कि हर वो शब्द जो ज्ञान दे, वही गुरु है..., हर वो शख्श जो ज्ञान दे, वही गुरु है और ये सभी, हिन्दी पाठकों के लिए गुरु स्वरुप हैं। हिन्दी भाषा, अपने इन विरल और कुशाग्र स्तम्भों के कारण, ना कभी कमजोर थी, ना कमजोर है और ना ही कभी कमजोर होगी। पुस्तक को तैयार करने में अगर मुझसे कहीं कोई त्रुटि हुई हो, तो सभी महानुभावों से मैं क्षमा चाहती हूँ। और सभी का स्नेह और आशीर्वाद की कामना करती हूँ।

इस पुस्तक को लिखने में श्री सुरेंद्र शर्मा जी (हास्य कवि) का भी विशेष योगदान है क्योंकि उन्होंने एक सलाहकार के रूप में मुझे हमेशा प्रोत्साहित किया और सुझाव भी दिए। साथ ही मैं, श्री अमित शर्मा जी (अंग्रेजी एवं जर्मन भाषा के लेखक) का भी में आभार व्यक्त करना चाहूंगी, जिन्होंने तथ्यों को जुटाने और पुस्तक को रचनात्मक बनाने में मेरा सहयोग किया।

यह पुस्तक ''हिन्दी के नौ सारथी'' आप सभी को समर्पित है। इसके सम्बन्ध में आपके उपयोगी संदेशों की कामना के साथ, अंत में यही कहना चाहूंगी कि हिंदी हमारी माँ है और हमें अपनी माँ के सेवा करनी चाहिए। क्योंकि माँ हमारा पालन-पोषण करती है, तो उस माँ को गर्वान्वित करना हमारा परम कर्तव्य है।

अरुण जैमिनी जी ने बहुत खूब कहा है जो हिन्दी भाषा की खूबसूरती और सम्पूर्णता दर्शाता है, ''हिंदी ही एक ऐसी भाषा है जिसकी बिंदी भी बोलती है।'' और वर्षों से हिन्दी और अंग्रेजी भाषाओं के बीच चले आ रहे द्वन्द को समझने के लिए मैं बेचैन जी की इन पंक्तियों के साथ अपनी लेखनी को विराम देना चाहूंगी कि-

''अंग्रेजी हमारे घर की खिड़की हो सकती है, दरवाजा नहीं,
लेकिन, हिंदी हमारे घर का दरवाजा है, खिड़की नही''
हिन्दी भाषा की सेवा के लिए कटिबद्ध और प्रयासरत,

**-रिंकल शर्मा**

rinkalsharma@gmail.com

हिंदी भाषा को समर्पित

# ॥ अनुक्रम ॥

# पद्मश्री अशोक चक्रधर

"हिन्दी के नौ सारथी" की बात हो तो सबसे पहले जो नाम जहन में आता है, वो है पद्मश्री अशोक चक्रधर जी का। अशोक जी को मैं बचपन से टेलीविजन पर देखती और सुनती आ रही थी। हमारे परिवार का शायद ही कोई ऐसा शख्स होगा, जिसने अशोक जी को न सुना हो। अशोक जी से मेरी पहली मुलाकात दिल्ली ऑक्सफोर्ड बुक स्टोर में हुई थी। उस दिन वहाँ उनकी एक पुस्तक 'चौं रे चम्पू' का लोकार्पण था। अशोक जी के बाकी सभी चाहने वालों की तरह मैं भी चाहती थी कि बस एक बार मेरी बात हो जाये चक्रधर जी से। शायद उस दिन मैं वाकई खुशकिस्मत थी। अशोक जी के साथ ना सिर्फ मेरी बात ही हुई बल्कि उन्होंने मेरे ऊपर अपनी एक कविता भी सुना दी। मेरे लिए तो वो एक सपने जैसा था। लेकिन शायद उस दिन तो मैंने सोचा भी नहीं था कि एक दिन मुझे उन पर कुछ लिखने का भी सौभाग्य प्राप्त होगा। खैर, उसके बाद दो या तीन बार और मेरी मुलाकात हुई अशोक जी से।

अशोक जी के व्यक्तित्व के बारे में जितनी बात करो, उतनी ही थोड़ी है। चक्रधर जी का व्यक्तित्व बहुआयामी है। उनके कार्यक्षेत्र का फलक अत्यधिक व्यापक है। वो एक बहुत अच्छे कवि के साथ-साथ प्रतिभावान अभिनेता, नाटककार, फिल्म निर्माता और निर्देशक भी हैं। इतने क्षेत्रों में से एक भी ऐसा क्षेत्र नहीं है, जिसमें उन्होंने मानवीय मूल्यों को प्रतिष्ठापित न किया हो।

अशोक चक्रधर जी का जन्म ८ फरवरी, सन १९५१ में खुर्जा (उत्तर प्रदेश) के अहीरपाड़ा मोहल्ले में हुआ। उनके पिताजी डॉ. राधेश्याम 'प्रगल्भ', अध्यापक, कवि, बाल साहित्यकार और संपादक थे। उन्होंने 'बालमेला' पत्रिका का संपादन भी किया। उनकी माता कुसुम 'प्रगल्भ' भी एक कवयित्री और कुशल गृहणी हैं। घर के सब लोग उन्हें 'बच्चा' कहकर पुकारते थे। अशोक जी का पालन-पोषण एक संयुक्त निम्न मध्यवर्गीय परिवार में हुआ। अशोक जी के पिता जी चूंकि एक कवि थे, तो कह सकते हैं कि उन्हें कविता विरासत में मिली। उन्हें अपनी माँ से बहुत लगाव था। बचपन से ही वो माँ की तकलीफों को भलीभांति समझने लगे थे। अशोक जी ही नहीं अपितु उनकी माता जी भी उन पर बड़ा गर्व महसूस करती थीं। वो खुद एक हेडमास्टर की बेटी थीं, इसीलिए शिक्षा के महत्त्व को अच्छे से समझती थीं। घर के कामों से फुर्सत पा कर वो तुरंत अपने बच्चों को पढ़ाने बैठ जाया करती थीं। हालाँकि अशोक जी का स्कूल से परिचय कक्षा तीन से हुआ। पाठशाला से पांचवी कक्षा पास करने के बाद, १९५९ में उन्होंने इण्टर कॉलेज में छठी कक्षा में दाखिला लिया। छठी कक्षा में आने तक वो छोटी-छोटी कई कवितायें लिख चुके थे। उन्होंने अपनी पहली कविता १९५६ में लिखी थी। उन्हें बचपन से कविता लिखने और सुनाने का बहुत शौक था। अशोक जी ने अपना पहला कवि सम्मेलन १९६२ में किया था, जो कि चीन आक्रमण के बाद उनके पिता 'प्रगल्भ जी' द्वारा ही आयोजित किया गया था और उस दिन से अशोक जी, 'बालकवि अशोक' कहलाने लगे थे।

इसके बाद, जब १९६४ में अशोक जी के पिता हाथरस आ गए तो वहाँ से अशोक जी को एक परिपूर्ण सांस्कृतिक माहौल मिला। काका हाथरसी और प्रगल्भ जी का आपस में बहुत स्नेह था। अशोक जी बचपन से ही अपने पिता के साथ कवि सम्मेलनों में जाया करते थे। और उनके पिता भी बहुत

जाने-माने कवि थे। इस संदर्भ में अशोक जी कहते हैं, ''कविता लिखने के लिए तो मैं किसी कवि से प्रभावित नहीं हुआ, अपने पिताजी को छोड़कर, क्योंकि पिताजी मेरे साक्षात गुरु थे। उन्होंने खुद मुझे बिठाकर कविता लिखना सिखाया हो, ऐसा नहीं है। प्रकारांतर से वही मेरे आदर्श थे। बाकी लोगों को मैंने पढ़ा भी, सुना भी। मैं प्रभावित हुआ कालिदास से, मैं प्रभावित हुआ चार्ली चैपलिन से, मुक्तिबोध से, भवानी दादा से। भवानी दादा से प्रस्तुति कला में, लोगों से सीधे जुड़ने की संवाद शैली का आधा हिस्सा मैंने अपने पिता से लिया, आधा भवानी दादा से लिया। चार्ली चैपलिन से में इसलिए प्रभावित हूं क्योंकि वह दुख का हंसाने वाला दार्शनिक है। छड़ी के बहाने खुद गिर जाएगा और कहेगा कि लो, यह तो मैं गिरा था, तुम थोड़े ही गिरे थे। वह आपको बड़ा बनाता है, वह आपको मनुष्य बनाता है, वह आपका उपचार करता है, आपको हंसाते-हंसाते आपका ऑपरेशन कर डालता है। गुरु के रूप में कोई एक नहीं है, बल्कि मेरे ऊपर अनेक रूपों की प्रतिच्छाया है, उसमें कहीं नीरज हैं, कहीं रमा नाथ अवस्थी हैं, कहीं भवानी दादा हैं, कहीं देवराज दिनेश हैं और सर्वोपरि तो मुक्तिबोध हैं।''

१९६८ में जब मथुरा में आकाशवाणी केंद्र खुला तो श्री चक्रधर जी उसके प्रथम ऑडिशन आर्टिस्ट के रूप में चुने गए। सन १९७० में

अशोक जी ने बी.ए. की परीक्षा प्रथम श्रेणी में उत्तीर्ण की थी। १९७२ में उन्होंने एम.ए. किया। लेकिन कुछ पारिवारिक कारणों से इसी वर्ष वो दिल्ली आ गए। १९७२ में ही अशोक जी दिल्ली विश्वविद्यालय के सत्यवती कॉलिज में प्राध्यापक नियुक्त हुए। परन्तु १९७३ में हरियाणा के अध्यापकों की व्यापक हड़ताल में समर्थन देने के लिए अशोक जी चल दिए थे, जिसके कारण अगले दो वर्ष बेरोजगारी में बीते। ये दो वर्ष उनके लिए बहुत ही संघर्ष भरे थे। रहना, खाना और बाकी कई खर्च होते थे। अशोक जी कहते हैं कि "उन दिनों बहुत बड़ी रकम होती थी साढ़े बारह रुपये, जिससे डी.टी.सी. की बस का मासिक पास बनता था। लेकिन कितनी ही परेशानी क्यों न हो, उन्हें किसी से भी पैसा उधार मांगना पसंद नहीं था।

अशोक जी के संघर्ष के दौर में एक ऐसा वाकया भी हुआ कि उन्हें एक कॉलिज में नियुक्ति मिली। नियुक्ति-पत्र भी मिल चुका था। अब चूंकि प्रमाण-पत्रों में उनका नाम अशोक शर्मा था, तो जैसे ही प्रबंधन समिति को पता चला कि इस शख्स का नाम तो अशोक चक्रधर है, जो कि आंदोलनकारी है, उन्होंने नियुक्ति-पत्र वापस ले लिया।

१९७५ में अशोक जी को जामिआ मिल्लिआ इस्लामिया में नौकरी मिल गयी और इसी वर्ष मैकमिलन से उनकी पुस्तक "मुक्तिबोध की काव्य-प्रक्रिया" प्रकाशित हुई। सिर्फ इतना ही नहीं, यहीं से उनके जीवन में प्यार के फूल भी खिलने लगे थे। उनका अधिकतर समय या तो लेखन और अध्यापन में बीतता था या फिर बागेश्री जी के साथ। बागेश्री जी जोकि आज उनकी धर्मपत्नी हैं, काका हाथरसी की सुपुत्री थीं, इसीलिए दोनों के विवाह में अड़चन जैसी कोई बात नहीं आयी, क्योंकि काका हाथरसी और प्रगल्भ जी तो पहले से मित्र थे। अशोक जी की कविताओं में हास्य रस का स्वरुप १९७८ के बाद से आया। इससे पहले किशोरावस्था में वो वीर-रस और ओजस्वी कविताएं लिखते थे, युवा हुए तो कविता में क्रांतिकारी चिंतन का स्वर आ गया। हास्य-व्यंग्य का सिलसिला, मद्रास कविसम्मेलन से शुरू हुआ, जो आज तक भी चला आ रहा है।

अशोक जी ने देश और विदेशो में अनगिनत कवि सम्मेलन किये हैं। उनकी हर कविता लोगों के मन और आत्मा को छूती है। वे जन-जन के कवि हैं। आज के समय में कवि-सम्मेलन पहले से अधिक होने लगे हैं,

और शायद एक वजह यही कि कुछ विद्वानों का ऐसा मानना है कि अब इन सम्मेलनों का स्तर गिरता जा रहा है। अशोक जी इस विषय पर कहते हैं, ''कवि सम्मेलन के वर्तमान स्तर से मैं संतुष्ट नहीं हूँ। कारण यही है कि कविगण प्राय: व्यावसायिकता के प्रलोभनों में अपनी सामाजिक जिम्मेदारियों का निर्वाह नहीं कर रहे हैं। नई कविता सृजित होती भी है तो उसके मूल में तालियां प्राप्त करने की भूख साफ दिखाई देती है, क्योंकि तालियां सीधे-सीधे आगामी कवि सम्मेलनों के आमंत्रण और मिलने वाली दक्षिणा से सरोकारित होती है।''

हम सभी जानते हैं कि कविता ने सामाजिक, राजनीतिक संदर्भ से जुड़ी स्थितियों को अपना मुख्य विषय बनाया। कहा जाता है कि 'जहां न पहुंचे रवि वहाँ पहुंचे कवि', और शायद यह सही भी है क्योंकि जिस बात को कविगण बड़ी आसानी से कह जाते हैं, उसे शायद एक आम आदमी उतनी सरलता से न कह पाए। लेकिन आज के समय में ज्यादातर कवि सम्मेलन, हास्य कवि सम्मेलन ही बनकर रह गए हैं। ऐसा बहुत कम सुनने को मिलता है, जहां हास्य के अलावा किसी और विधा में कवि अपनी बात को मनवा सकता हो। कवि सम्मेलन का अर्थ हास्य कवि सम्मेलन या यूं कहिए चुटकुलेबाजी सम्मेलन बनकर रह गया है। इस संदर्भ में, अशोक जी का भी अपना एक विचार है, वह कहते हैं कि ''चुटकुला अपने आप में कोई त्याज्य पदार्थ नहीं है। वह श्रोताओं पर एलोपैथिक दवा के समान प्रभाव डालता है, यानी प्रतिक्रिया तत्काल होती है। तालियां बजती हैं। स्वस्थ मुस्कान, खिलखिलाहटें और ठहाके बरसने लगते हैं। सवाल यह है कि वह चुटकुला स्वयं आपने निर्मित किया अथवा कहीं से प्राप्त किया। यदि वह प्राप्त किया तो दूसरा कोई कभी भी उसे, किसी भी सांचे में डालकर प्रस्तुत कर सकता है। सामर्थ्य के अनुसार कुछ लोग कविता को फूहड़ भी बना देते हैं। यह प्रक्रिया अपने आप में स्वस्थ नहीं है। आज स्थिति वाकई चिंताजनक है। वर्तमान समय में हम एक और चीज देख रहे हैं कि कवि सम्मेलन में कविताएं या तो राजनीति पर निर्भर या फिर धर्म पर आधारित होती हैं। राजनेताओं पर कटाक्ष और धर्म को लेकर बहुत जगह भड़काऊ कविताएं भी सुनाई जाती हैं। हालांकि देश की अखंडता और एकता को विखंडित करने का यह सबसे सरल माध्यम है। लेकिन अशोक जी जैसे कवि इन

छोटी-छोटी बातों का बहुत ध्यान रखते हैं। उनकी कविताएं लोगों के दिलों से गुजरती हुई, दिमाग तक पहुंचती हैं। वह समाज की व्यवस्था और सामाजिक समस्याओं पर लोगों को सोचने के लिए मजबूर कर देती हैं। वर्तमान में हो रहे कवि सम्मेलनों के संदर्भ में अशोक जी एक और बात कहते हैं, ''सदियों से चलती आयी लंबी परंपरा के बाद, हमने इस मंच को पाया है। हमें अपनी इस परंपरा में आए प्रदूषण को दूर करना होगा। पर्यावरण की स्वच्छता पर पूरा विश्व चिंतित है। मंच का पर्यावरण भी शुद्ध किया जा सकता है, बशर्ते कि उससे नाक-भौं सिकोड़ने वाली शक्तियों को दूर किया जाए। दूसरा सामूहिक प्रयत्नों से, कवि सम्मेलन में जाने से पूर्व आपस में गोष्ठिया करें, जिस में चुनौती हो कि आप को प्रतिमाह कुछ नई कविताएं सुनानी हैं। नई कविताओं पर विभिन्न कोणों से चर्चा हो। लेकिन ऐसा होना भी मुश्किल है, क्योंकि विश्व भर में पर्यावरण का प्रदूषण दूर करने की चिंताएं ही दिख रही हैं, सार्थक प्रयास कहां हो पा रहे हैं?''

अशोक जी एक लंबे अरसे से हिंदी भाषा में कविता, फिल्में, मंच संचालन इत्यादि करते आ रहे हैं। हिंदी भाषा से उनका एक अलग ही प्रेम है। वह हिंदी भाषा के वर्तमान स्तर या यूं कहिए कि हिंदी भाषा पर आज जो संकट मंडरा रहा है, उसे लेकर सजग और चिंतित भी दिखाई देते हैं। वह अंग्रेजी भाषा को नकारते नहीं हैं, लेकिन फिर भी हिंदी भाषा को भी एक अपने अलग मुकाम पर देखना चाहते हैं। इस संदर्भ में उनका विचार है, ''अंग्रेजी भाषा आज इसलिए कायम है क्योंकि अंग्रेज उसे हमारी जरूरत बना कर छोड़ गए। वह ऐसी स्थिति में हमें सत्ता सौंप कर गए, जब अंग्रेजी

के माध्यम से ही सत्ता चल सकती थी। यह तो उस समय के सत्ताधीशों का कर्तव्य था कि वे अंग्रेजों के साथ, अंग्रेजी को भी विदा कर देते पर उन्होंने अंग्रेजों के जाने के बाद अंग्रेजी को अपना लिया और हिंदी को उतना प्रोत्साहित नहीं किया, जितना करना चाहिए था। मुझे आपत्ति इससे नहीं है कि उसका वर्चस्व है। मैं चाहता हूं कि अंग्रेजी रहे, क्योंकि वह एक अंतरराष्ट्रीय संप्रेषण की भाषा बनी है, लेकिन हमारे देश में हिंदी का वर्चस्व हो, क्योंकि वह हमारी राजभाषा है, राष्ट्रभाषा है, मातृभाषा है।''

हिंदी भाषा के प्रति अशोक जी का जो लगाव है, वह इसी बात से साबित होता है कि वह सिर्फ कथनी में ही नहीं, करनी में भी विश्वास रखते हैं। अशोक जी लम्बे समय से कंप्यूटर विशेषज्ञ भी हैं। हिंदी के विकास के लिए वह और नई तकनीकों की संभावनाओं पर भी कार्य कर रहे हैं, ताकि हिंदी के लेखक इससे अधिक-से-अधिक लाभ उठा सकें। इस बात से यह जाहिर होता है कि वह सिर्फ बातों में हिंदी की चिंता नहीं जताते, वह सच में हिंदी भाषा के लिए बहुत कुछ करना चाहते हैं।

हिंदी भाषा में तकनीकी इस्तेमाल पर उनका विचार है, ''मैं तो इस संकल्प के साथ लगा हुआ हूं कि कम्प्यूटर के माध्यम से हिंदी में और हिंदी जगत में वही सुविधाएं उपलब्ध हो जाएं, जो अंग्रेजी जगत को प्रप्त हैं। आज अंग्रेजी के किसी लेखक को अगर कोई लेख लिखना है और आधिकारिक प्रमाणों के साथ लिखना है, तो उसे किसी किताब की जरूरत नहीं है। वह किसी भी वेबसाइट के द्वारा नेट पर किसी लाइब्रेरी में जा सकता है। गूगल पर खोज सकता है। मैं चाहता हूं कि हिंदी का ज्ञान-सागर भी इंटरनेट पर अपनी उपस्थिति दर्ज कराए। यह सुविधाएं आपको समर्थ और सशक्त बनाएंगी, लेकिन एक बात याद रखना जरूरी है, कंप्यूटर की नवीनतम तकनीकी आपके लिए एक सुविधा संसार तो बना देंगे पर उसके अंदर कल्पना के रंग नहीं भर सकती। इसके लिए तो आपको स्वयं अपनी संवेदनशीलता और बुद्धि का ही प्रयोग करना पड़ेगा।

अपने देश के कोने-कोने तक अशोक जी की कविताएं पहुंची हैं, लेकिन उनके चाहने वालों की संख्या विदेशों तक भी है। अशोक चक्रधर जी ने साहित्यिक, सांस्कृतिक एवं शैक्षिक उद्देश्यों के लिए अमेरिका, इंग्लैंड, सोवियत संघ, ऑस्ट्रेलिया, मॉरीशस, थाईलैंड, इंडोनेशिया, सिंगापुर, हांगकांग,

नेपाल, युनाइटेड अरब अमीरात, जर्मनी, इटली, फिलिस्तीन, इजराइल, ओमान, ट्रिनिडाड एंड टोबैगो, कनाडा, हॉलैण्ड, सूरीनाम, रूस, केन्या ईस्ट अफ्रीका, उज्बेकिस्तान, जापान, पाकिस्तान, तंजानिआ आदि की यात्राएँ की हैं। वहाँ की साहित्य और कार्यपद्धति को भी उन्होंने भली-भांति समझा है। अपने इन शोधों से उन्होंने पश्चिमी देशों में रहने वाले जो लेखक हैं, उनकी कार्य पद्धति और भारतीय लेखकों की कार्य पद्धति में बहुत सी भिन्नता को भी खोजा। लेकिन इस भिन्नता पर वो बड़े ही चुटीले अंदाज में बात करते हैं। उन्होंने बताया, ''भारतीय लेखक के पास जुगाड़ है, उनके पास जुगाड़ नहीं है। उनको तो पहले नौ मन तेल चाहिए, फिर उनके अंदर की राधा नाचेगी, अन्यथा बैठ जाएगी रूठ के। यहां की राधा को रूठने का अधिकार नहीं है। यहां की राधा को नाचना ही पड़ेगा, अगर नहीं नाचे तो यह कहने वाले बहुत सारे खड़े हो जाएंगे कि इसे नाचना ही नहीं आता। कल अगर अशोक चक्रधर अपनी प्रस्तुति को न कर पाए ढंग से तो प्रश्न खड़े हो जाएंगे कि यह तो खत्म हो गए। यह तो बीते हुए जमाने की चीज हो गए। आपको स्वयं को सिद्ध करने के लिए लगातार जुगाड़ करना पड़ेगा। झंडा गाड़ने के लिए हम जुगाड़ कर सकते हैं, पश्चिमी कलाकार नहीं कर सकते। मैं किसी के बारे में इतना नकारात्मक क्यों बोलूं? हो सकता है वो कर सकते हों, लेकिन उन्हें हम से जुगाड़ सीखने पड़ेंगे।''

अपने देश विदेशों की यात्राओं में अशोक जी सिर्फ कार्यपद्धति पर ही नहीं बल्कि अपने देश और विदेशों में रह रहे श्रोताओं की मानसिकता में भी अंतर महसूस करते हैं। अपने वही मजाकिया अंदाज में वे बताते हैं, ''हिंदुस्तान और विदेशों के श्रोताओं की मानसिकता में बहुत अंतर है। यहां के श्रोता घर से दूध पी के आए, बाजार में लस्सी पी, मोड़ पर उन्होंने जूस भी पी लिया, किसी ने रोका तो कॉफी भी पी ली, उसके बाद आपके पास आए, अगर आप उनको कुछ और पिलाना चाह रहे हों, तो वह भी पिलाएं। इसके विपरीत विदेशों का श्रोता प्यासा है, उसके अंदर प्यास है, वह प्यास मिट्टी की सोंधी गंध पाने की, वह प्यास है अपनी जमीन के बारे में जानने की, उनकी संवेदन-तंत्रिका में हमारी कल्चर के छोटे-से-छोटे जो आइकन्स हैं, सौंधी-सौंधी जो इमेजेज हैं, उनको बहुत व्यथित-मथित कर देती हैं। उनकी प्यास है, उनकी प्रवचना। उनकी प्यास है, उनका उनकी संस्कृति से

वंचित रहना। हां, लेकिन एक बात जरूर है, हमारे यहां सबसे बढ़िया श्रोता मुझे अपने देश के नौजवान लगते हैं। ऑल इंडिया मेडिकल इंस्टीट्यूट चला जाऊं, आईआईटी कानपुर, आईआईटी दिल्ली, वहाँ जो नौजवान हैं वो हमारे देश की परिस्थितियों में व्यंग्य को समझ सकते हैं। मैं जब भी विदेश जाता हूँ, तो मुझे ऐसे बहुत सारे युवा मिलते हैं, जिनमें कोई आईआईटी में था या ऐसे ही किसी दूसरी संस्था में। वे अच्छा सुनते हैं, लेकिन सबसे अच्छे श्रोता अपने देश में हैं। और वह नौजवान कविता को जानता है क्योंकि वह बायस्ड नहीं होता। विदेशों के श्रोता संपूर्ण श्रोता नहीं है। वह अपनी किसी कमी को आपसे पूरा करना चाहते हैं, हमारी कमी तुम पूरी करो। अरे भाई! मैं थोड़े ही कर दूंगा, मान लीजिए आपके अंदर अचानक देशप्रेम जागा, मैं आपको कोई इंजेक्शन लगा दूंगा कि देश प्रेम की पीड़ा का हरण हो जाए। जब तक देश में नहीं आओगे तब तक कष्ट का निदान नहीं होगा। हमारी कविता कहीं ना कहीं उनके माटी प्रेम को गीला करती है, इसीलिए वे उसे पसंद करते हैं।"

हिंदी भाषा को लेकर जो चिंताएं बनी हुई हैं या जो समस्याएं उत्पन्न हो रही हैं, उनके बावजूद भी अशोक जी भाषाओं को लेकर या कवि सम्मेलनों को लेकर सकारात्मक दिखाई देते हैं। आने वाले ३० या ५० वर्ष बाद क्या कवि सम्मेलन खत्म हो जाएंगे? हिंदी भाषा बिल्कुल लुप्त हो जाएगी? इस पर अशोक जी का कुछ अलग ही विचार है। वह कहते हैं, "आने वाले १० या ५० साल में भारतवर्ष में दूरदर्शन खत्म हो सकता है, फिल्म खत्म हो सकती हैं, पर कवि सम्मेलन या हिंदी भाषा खत्म नहीं हो सकती। हिंदी भाषा हमारे दिल की भाषा है, हमारे मन की भाषा है। उसी तरह कवि सम्मेलन भी हमारे हजारों सालों की परंपरा है। कवि सम्मेलनों में हम अपने विचारों को दूसरों तक हिंदी भाषा के द्वारा ही पहुंचाते हैं। विदेशों में कवि सम्मेलन नहीं होते, यह परंपरा हमारे देश में ही बहुत पुराने समय से चलती आ रही है। यहां पर एक श्रोता और कवि के बीच एक रिश्ता कायम होता है। अपने दिल की बात दूसरे के दिल तक पहुंचाना और जिसका माध्यम होता है, हमारी भाषा। यह परंपरा या यह भाषा थोड़ा बहुत रूप तो बदल सकती है, पर मर नहीं सकती, क्योंकि कवि की वाणी सुनने के लिए श्रोता सदैव व्याकुल और लालायित रहेंगे। और क्योंकि यह हमारे देश की परंपरा

है, तो देश की परंपरा सदैव देश की भाषा में ही चलती है। हिंदी भाषा, दिल से, मन से या यूं कहें कि भारत से कभी भी समाप्त नहीं हो सकती।''

वे जननाट्य मंच के संस्थापक सदस्य भी हैं। इनका नाटक 'बंदरिया चली ससुराल' का नेशनल स्कूल ऑफ ड्रामा द्वारा मंचन हो चुका है। और श्री रंजीत कपूर के नाटक 'आदर्श हिन्दू होटल' एवं 'शॉर्टकट' के लिए गीत लेखन भी इन्होंने किया। उनके बहुत से कविता संग्रह- बूढ़े बच्चे, सो तो है, भोले भाले, तमाशा, चुटपुटकुले, हंसो और मर जाओ, देश धन्या पंच कन्या, ए जी सुनिए, इसलिये बौड़म जी इसलिये, खिड़कियाँ, बोल-गप्पे, जाने क्या टपके, चुनी चुनाई, सोची समझी, जो करे सो जोकर, मसलाराम, इत्यादि प्रकाशित हुए।

बहुत से दूरदर्शन कार्यक्रम- नई सुबह की ओर, रेनबो फैण्टेसी, कृति में चमत्कृत, हिन्दी धागा प्रेम का, अपना उत्सव, भारत महोत्सव किये हैं। अशोक चक्रधर ने डीडी-1 के धारावाहिक 'बोल बसंतो' तथा सोनी एंटरटेनमेंट चैनल (भारत) के धारावाहिक 'छोटी सी आशा' में अभिनय किया है। साथ ही कुछ फिल्म निर्माण भी किया जैसे- जीत गई छन्नो, मास्टर दीपचंद (प्रौढ़ शिक्षा निदेशालय, भारत सरकार), झूमे बाला झूमे बाली (दिल्ली दूरदर्शन केन्द्र), गुलाबड़ी (दिल्ली महानिदेशालय), हाय मुसद्दी, तीन नजारे (ई.टी. एंड टी., भारत सरकार), बिटिया (एन.एफ. डी.सी., भारत सरकार), धारावाहिक लेखन/प्रस्तुति कहकहे, पर्दा उठता है (दिल्ली दूरदर्शन केन्द्र), वंश (आर.के. फिल्म्स, मुम्बई), अलबेला सुरमेला, फुलझड़ी ऐक्सप्रेस (सी.पी.सी. दूरदर्शन केन्द्र, नई दिल्ली), बात इसलिये बताई (एन.डी.टी.वी.), पोल टॉप टैन, न्यूजी काउंट डाउन (जी इंडिया), चुनाव चालीसा (सहारा समय), वाह वाह (सब टीवी), चुनाव चकल्लस, बजय व्यंग्य (सहारा राष्ट्रीय), चले आओ चक्रधर चमन में (दूरदर्शन)। वृत्तचित्र लेखन- बहू भी बेटी होती है (फिल्म्स डिवीजन, भारत सरकार), जंगल की लय ताल, साड़ियों में लिपटी सदियाँ, साथ-साथ चलें, ये है चारा, ग्रामोदय, ज्ञान का उजाला, वत्सी नाव, रयूमेटिक हृदय होग, घैंघा पाडुराना, एड्रमौंटी टापू, छोटा नागपुर जल और थल, लोकोत्सव, नगर विकास (सैण्डिट, नई दिल्ली) भी किया है। अपनी सबसे प्रिय किताबों के बारे में वह कहते हैं, ''मुझे दो किताबें बहुत प्रिय हैं एक 'सो तो है' और दूसरी

'भोले भाले', यह दोनों ही मेरी प्रारंभिक ऊर्जाओं का परिणाम थी। 'सो तो है' की कविताएं, कवि सम्मेलन से ज्यादा ताल्लुक नहीं रखती हैं, वे मेरे अंतर्बाह्य में पुल निर्मित करते हैं। 'कटे हाथ' कविता का ड्राफ्ट अगर में दिखाऊं, तो उस पर आपको मेरे आंसू की एक बूंद मिलेगी। काश! ऐसा आज भी हो कि मैं कोई कविता लिखते हुए रोऊँ। मेरा आंसू, मेरी आंख का आंसू नहीं था, मेरे समाज का आंसू था। आज समाज में संवेदनहीनता की ऐसी स्थितियां हैं कि समाज पर रोने के लिए सचमुच वाला आंसू मुश्किल से निकलता है। यह आत्म स्वीकृति है।''

वर्तमान समय में कवि सम्मेलनों में बहुत से नवोदित या युवा कवियों का आगमन हुआ है। अशोक जी हमेशा से युवा पीढ़ी को प्रोत्साहित करते आए हैं। उनका मानना है कि, ''नई पीढ़ी सदैव आगे बढ़ी हुई पीढ़ी होती है, मैं उसे बुझी हुई बीड़ी नहीं मानता हूँ। मैं उसके प्रति बहुत आशावादी दृष्टि रखता हूं। शिकायत का अधिकार लेकिन मुझे इसलिए मिलता है, क्योंकि मैं इस सर्कस में बहुत दिनों से कलाबाजियां कर रहा हूं। आजकल मैं देखता हूं कि यह कवि बिना सीखे, रस्सी का झूला पकड़कर इस पार से उस पार जाना चाहते हैं। जबकि यह संभव नहीं है। पहले जो कवि अपना करतब दिखाता था, उसकी सुरक्षा के लिए एक जाल होता था, अपने साथी कवियों का, वे गिरने पर उसको लपक लेते थे। किसी को चोट नहीं लगती थी लेकिन अब मैं देखता हूं कि एक नौजवान कवि कविता पाठ कर रहा है, और उसकी निंदा वहीं बैठे, उसके साथी ही कर रहे हैं। यह नई पीढ़ी में सबसे बड़ी कमी है कि उसमें पारस्परिकता का अभाव है। प्रपंच पहले भी था, पर मंच के पीछे था, अब मंच पर ही है। तो नई पीढ़ी को समझदारी से और दूसरों को पढ़कर ज्ञान अर्जित करने की बहुत आवश्यकता है। पहले वाली पीढ़ी का रुझान अध्ययन में था। आज की पीढ़ी अध्ययन पर उतना ध्यान नहीं देती है। मैं चाहूंगा, युवा पीढ़ी नए प्रयोग करे, अपनी शैली की रचना खुद करें। ऐसा बोले कि लोग उसके कायल हो जाएं और कहे कि वाह! इसने तो क्या काम किया है। फिर भी, नए कवियों में अनेक ऐसे हैं जिनसे बहुत आशाएं बंधती हैं।''

अशोक जी एक सफल शिक्षक, लोकप्रिय कवि, श्रेष्ठ चिंतक, कुशल मीडिया कर्मी एवं साहित्य और संगीत के प्रति सदा समर्पित कलाकार हैं।

जो सामाजिक प्रतिष्ठा अशोक जी ने अर्जित की है वह बिरलों को ही प्राप्त होती है। आध्यात्मिक ज्ञान का भंडार हैं, उनका सान्निध्य पाकर आप कठिन से कठिन परिस्थिति में भी सहजता का अनुभव कर सकते हैं। इसके साथ ही बड़े ही नरम दिल और मृदुभाषी हैं, जिसको मैंने स्वयं भी अनुभव किया है। अशोक जी ने हर क्षेत्र में अपना परचम फहराया है।

डायमंड पब्लिकेशन के नरेंद्र वर्मा जी कहते हैं, ''कवि सम्मेलन में या किसी भी समारोह में भीड़ इकट्ठी करने के लिए अशोक चक्रधर जी का नाम ही काफी है।'' अशोक जी ने, एक कवि के रूप में, एक फिल्मकार के रूप में और बहुत सारी प्रतिभाओं के साथ एक लंबी जीवन-यात्रा तय की है। अभिनय, कविता, निर्देशन, हर क्षेत्र में कार्य किया है। लेकिन इन सभी क्षेत्रों में से सबसे अधिक संतुष्ट, वो फिल्म निर्माण के कार्य में होते हैं। उनका कहना है, ''कई बार मैं स्वयं से भी यह प्रश्न पूछता हूं, मेरी प्राथमिक रुचि क्या है? तो फिर मैं पाता हूं कि मेरी प्राथमिक रुचि फिल्म-निर्माण है। मैं अपने आप को हर भूमिका में सफल पाता हूं, यह बात दूसरी है कि किसी एक भूमिका की अंतिम सफलता प्राप्त करने के लिए, पूरा एक जन्म चाहिए। मेरे पास एक जन्म है और काम बहुत सारे। अगर क्रम निर्धारित करने को कहा जाए तो सर्वप्रथम मुझे एक फिल्मकार के रूप में शिक्षक होना अच्छा लगता है।''

अशोक चक्रधर जी प्रतिभाओं का एक ऐसा सागर है, जिसका जितना मंथन किया जाए उतना कम है। उनके जीवन के बारे में पूरा एक ग्रंथ भी लिखा जाए, तो शायद वह भी कम पड़ जाए। एक ऐसा व्यक्तित्व जो बहुमुखी प्रतिभा का धनी है, एक ऐसे इंसान जो पल भर में दूसरों को अपना बना लेते हैं। इस पुस्तक के लेखन के बहाने, मैंने अशोक जी को बहुत करीब से जाना, लेकिन फिर भी मुझे ऐसा लगता है कि अभी तो मैं उनके बारे में बहुत थोड़ा ही जान पायी हूँ। यह सिलसिला तो ऐसे ही चलता रहेगा पर मैं अपने आप को सौभाग्यशाली समझती हूं कि मुझे ऐसे महान कवि, महान लेखक, और महान इंसान के बारे में लिखने का मौका मिला।

■

# मृदुला गर्ग

''हिंदी के नौ सारथी'' की खोज में, आज मैं ग्रेटर कैलाश-२ में स्थित उस घर में जा पहुँची, जहाँ जानी-मानी लेखिका, 'सुश्री मृदुला गर्ग' रहतीं हैं। मृदुला जी के बारे में मैंने सुना था कि वो पर्यावरण प्रेमी हैं, यह बात उनके घर के बाहर सजे छोटे-से बगीचे से साफ जाहिर हो रही थी। दरवाजे की घंटी बजायी तो एक महिला ने आकर दरवाजा खोला। वो मुझे ड्राइंग रूम में बैठाकर चली गयी। पूरा कमरा बड़ा ही साफ-सुथरा और सुसज्जित था। दीवार पर कुछ तस्वीरें और पेंटिंग लगी हुई थीं। एक तस्वीर पर नजर पड़ी, जो कि शायद मृदुला जी की युवावस्था की थी। बहुत ही खूबसूरत लग रही थीं, वो उस तस्वीर में। तभी वो सामने से कमरे में दाखिल होती हैं। हम दोनों ने ही एक-दूसरे का अभिवादन किया और सोफे पर बैठ गए।

प्यार से उन्होंने मुझसे पूछा कि क्या लोगी रिंकल? मैंने एक गिलास गरम पानी पीने को माँगा और हमारी बातचीत का सिलसिला एक गिलास गरम पानी के साथ शुरू हुआ।

मृदुला गर्ग का जन्म २५ अक्तूबर, १९३८ में कोलकता में हुआ। उनकी तमाम शिक्षा-दीक्षा दिल्ली में हुई। उन्होंने अर्थशास्त्र में दिल्ली स्कूल ऑफ इकोनोमिक्स से एम.ए. किया। १९६० में अर्थशास्त्र में स्नातकोत्तर की उपाधि लेने के बाद, उन्होंने तीन साल तक दिल्ली विश्वविद्यालय में अध्यापन भी किया है। मृदुला गर्ग हिंदी की सबसे लोकप्रिय लेखिकाओं में से एक हैं। मृदुला गर्ग के रचना संसार में लगभग सभी गद्य विधाएँ सम्मिलित हैं, उपन्यास, कहानी, नाटक, निबन्ध, यात्रा संस्मरण, कटाक्ष आदि। अपने साहित्यिक जीवन के शुरुआती दिनों को याद करते हुए उन्होंने बताया, "मैंने काफी देर से लिखना शुरू किया था। लगभग ३० साल की उम्र थी, तब तक मेरी शादी भी हो चुकी थी और मेरे दो बच्चे हो चुके थे। एक तरह से शुरुआत उसको नहीं कह सकते हैं, जिस अर्थ में लोग उसे कहते हैं क्योंकि मेरा मस्तिष्क भी परिपक्व हो चुका था और अनुभव भी जीवन के बहुत हो चुके थे। लेकिन जब मैंने लिखना शुरू किया तो काफी गति से या रफ्तार से लिखना शुरू किया। शुरू में मैंने कहानियाँ लिखीं। मेरी पहली कहानी सारिका में छपी थी और उसके बाद मेरी कहानियाँ छपती ही गईं। शुरू में, मैं किसी को जानती नहीं थी और ना ही किसी ने मुझे देखा था। मैं बागल कोट, कर्नाटक के एक कस्बे में रहती थी और वहाँ से ही कहानियाँ भेजती थी। काफी दिन बाद मुझे, शिवपत राय ने पत्र लिखा। उनकी 'कहानी पत्रिका' में मेरी कहानी छपी थी और उसको पुरस्कार मिला था। उन्होंने लिखा था कि, "दिल्ली आती हो क्या कभी? कभी दिल्ली आओ, तो मुझसे जरूर मिलना", तो मैंने भी लिखकर जवाब भेजा, "हां, दिल्ली में तो मेरे माँ-बाप रहते हैं और पूरा परिवार ही है। और फिर बाद में तो खैर मैं दिल्ली ही आ गई, तो शुरू के दो साल, मैंने कहानियाँ लिखीं और वो छपीं। एक नाटक भी लिखा वो नटरंग में छपा, जो कि 'श्री नैमी चन्द्र जैन' चलाते थे। मगर और किसी से तब तक मेरी मुलाकात नहीं हुई थी, जिसको कहना चाहिए कि कोई सामाजिक रिश्ता नहीं था। और मुझे यह भी नहीं पता था कि इसकी कोई राजनीति भी होती है या साहित्य की कोई गुटबाजी होती

है। और ये मेरी खुशकिस्मती रही कि उन दिनों, मेरी कोई भी कहानी मुझे लौटाई नहीं गई। जैसे कमलेश्वर गुप्त की कहानियाँ भेजीं, तो उन्होंने कहा कि यह तो में छाप रहा हूँ, मगर क्या आप और लिखेंगी? तो, मैने उन्हें अगले दो वर्ष में लगभग २० कहानियाँ भेजीं।''

उपन्यास, कहानी संग्रह, नाटक तथा निबंध संग्रह, सब मिलाकर उन्होंने २० से अधिक पुस्तकों की रचना की है। उनके उपन्यासों को अपने कथानक की विविधता और नयेपन के कारण समालोचकों की बड़ी स्वीकृति और सराहना मिली। उनके आठ उपन्यास- 'उसके हिस्से की धूप', 'वंशज', 'चित्तकोबरा', अनित्य' 'मैं और मैं', कठगुलाब, 'मिलजुल मन' और 'वसु का कुटुम', ग्यारह कहानी संग्रह- 'कितनी कैदें', 'टुकड़ा टुकड़ा आदमी', 'डैफोडिल जल रहे हैं', 'ग्लेशियर से', 'उर्फ सैम', 'शहर के नाम', 'चर्चित कहानियाँ', 'समागम', 'मेरे देश की मिट्टी अहा', 'संगति विसंगति', 'जूते का जोड़ गोभी का तोड़', चार नाटक- 'एक और अजनबी', 'जादू का कालीन', 'तीन कैदें' और 'साम दाम दंड भेद', तीन निबंध संग्रह- 'रंग ढंग', 'चुकते नहीं सवाल' तथा 'कृति और कृतिकार', एक यात्रा संस्मरण- 'कुछ अटके कुछ भटके' तथा दो व्यंग्य संग्रह- 'कर लेंगे सब हजम' तथा 'खेद नहीं है' प्रकाशित हुए हैं।

मैंने मृदुला जी से पूछा, आपकी ये शुरुआती यात्रा सरल थी या संघर्षमयी? "वैसे तो कोई खराब अनुभव नहीं हुआ। संघर्ष तो थोड़ा-सा था क्योंकि बहुत छोटे शहर में मैं रहती थी और मेरे बच्चे छोटे थे। दूसरा वहाँ पर कोई स्कूल ही नहीं था, बच्चे स्कूल ही नहीं जाते थे। फिर मैंने ही एक स्कूल शुरू किया था, जिसमें हम हिन्दी, अंग्रेजी और कन्नड़ पढ़ाते

थे। प्राईमरी स्कूल था, लेकिन उसको मान्यता बाद में मिली थी। मगर मुझे कोई ऐसा संघर्ष नहीं करना पड़ा कि मेरी चीजें लौटाई गई हों या कोई कटु टिप्पणी हुई हो, बल्कि शुरू में तो मुझे बहुत सराहा गया। लेकिन मेरा संघर्ष शुरू हुआ 'चित्कोबरा' लिखने के बाद। १९६९ में, जब मैंने 'चितकोबरा' लिखा, अचानक उस पर विवाद बन गया या बना दिया गया, जो भी हुआ तब ये एक तरह से कहना चाहिए, जो साहित्यिक बिरादरी है, उसका बहुत ही अजीब किस्म का चेहरा मुझे देखने को मिला। उससे पहले 'उसके हिस्से की धूप' लिखा, वो अक्षय प्रकाशन से छपा। यह मेरा पहला उपन्यास था। उन दिनों मैं बड़ी तेजी से लिखती थी। हर साल मेरा एक कहानी संग्रह, उपन्यास या नाटक कुछ न कुछ छप जाता था। उनका उपन्यास 'चितकोबरा', नारी-पुरुष के संबंधों में शरीर को मन के समांतर खड़ा करने और इस पर एक नारीवाद या पुरुष-प्रधानता विरोधी दृष्टिकोण रखने के लिए काफी चर्चित और विवादास्पद रहा था। उन्होंने इंडिया टुडे के हिन्दी संस्करण में २००३ से २०१० तक 'कटाक्ष' नामक स्तंभ लिखा है, जो अपने तीखे व्यंग्य के कारण खूब चर्चा में रहा।''

इतनी बात करते-करते उन्हें अचानक से खांसी उठने लगी। वो उठकर अपने कमरे में गयीं और दवा लेकर आयीं। दवा खाने के बाद, उन्होंने अपनी बात फिर से शुरू करनी चाही। तो मैंने उन से पूछा, ''आपने अर्थशास्त्र से पढ़ाई की है, तो फिर हिंदी भाषा में लिखने की प्रेरणा आपको कहाँ से मिली? हिंदी के प्रति लगाव कैसे उत्पन्न हुआ?'' उन्होंने बड़ी ही सहजता से कहा, "दरअसल मैं बहुत पढ़ती थी। पढ़ने का शौक जैसे एक लत बन चुकी थी। मैंने अर्थशास्त्र पढ़ा और पढ़ाया भी। हिंदी में, मैंने जो भी पढ़ा, अपनी मर्जी से पढ़ा, क्योंकि वो मेरे पाठयक्रम में नहीं था। शुरुआत में प्रेमचन्द को पढ़ा। मैं शादी के बाद डालमियां नगर, बिहार गई, तो वहाँ उन दिनों अकाल पड़ा हुआ था। पूरे गांव को देखकर मुझे लगा कि जो हमें अर्थशास्त्र पढ़ाया है, उससे तो बिलकुल अलग है जीवन। पहली बार जैसे मैं अर्थशास्त्र से थोड़ी विमुख हुई और पढ़ाना मैंने छोड़ दिया। और शायद वहीं से हिंदी के प्रति लगाव शुरू हो गया। साहित्य के प्रति रुचि तो बढ़ी ही थी, साहित्य के बारे में राय बनाने की भी आदत हो गई थी। डालमियां नगर में आपसी चीजों के अलावा कुछ नहीं था, तो मैंने ही कुछ हिंदी नाटक

भी किये। वो भी ऐसे माहौल में, जहाँ लोग पिक्चर भी देखने जाते थे, तो पति पत्नी अलग-अलग बैठते थे। औरतें अलग और आदमी अलग। पहली बार मैंने नाटक लिखा जो कि गाँव की संस्कृति पर था। इस तरह से हिंदी लेखन शुरू हुआ, जिसमें जीवन के अनुभव भी आते चले गए।''

मृदुला जी जब धाराप्रवाह में बोलती हैं, तो मन करता है कि बस सुनते ही जाओ। उन्हें रोकने का दिल नहीं करता। लेकिन फिर भी मैंने पूछा, ''आपको हिंदी के प्रति बहुत लगाव था, समय के साथ हिंदी के प्रति लगाव में कोई अंतर आया है?'' मृदुला जी बोलीं, "उस समय के दृष्टिकोण और आज के दृष्टिकोण में तो बहुत ही अन्तर आया है, क्योंकि उस समय तो सभी हिन्दी बोलते थे और हिन्दी में बात होती थी। हिन्दी में बहस होती थी, हिन्दी के लिए कोई हीन भावना किसी के मन में थी ही नहीं। हिन्दी की किताबें बहुत बिकती थीं। आजकल हिंदी को लेकर लोगों में हीनभावना आ गयी है। अब लोग हिन्दी पढ़ना ही नहीं चाहते हैं, ये सब उस समय बिलकुल भी नहीं था। आप सोचिए, हिन्दी की कितनी पत्रिकाए थीं- ध र्मयुग, साप्ताहिक हिंदुस्तान, कादम्बनी और साहित्यिक पत्रिकाएं बहुत सारी थीं। इतनी पत्रिकाएं थी कि हर एक के घर में एक पत्रिका आती ही थी। आजकल कोई पत्रिका ही नहीं है। लेखकों को लोग जानते थे। कहानी पढ़कर इतने पत्र आते थे तो... मतलब बहुत बड़ा दायरा था पाठकों का। आसफ अली रोड, हिंदी किताबों का केंद्र हुआ करता था। इलाहाबाद शहर बहुत बड़ा केन्द्र था, साहित्य का। आजकल लोग अंग्रेजी को ज्यादा पसंद करते हैं। अंग्रेजी की ये जो स्थिति बुलन्द हुई है, यह हुई है अमेरिका की वजह से, क्योंकि अमेरिका एक शक्तिशाली देश है, विश्व और व्यापार पर हावी है।''

तभी मैंने पूछा, ''मृदुला जी आप तो अर्थशास्त्र की अध्यापिका रहीं हैं। आजकल जो हालात हैं कि हिंदी में रोजगार के अवसर बहुत ही सीमित हैं। दूसरी ओर कहा जाता है कि हिंदी बाजार की भाषा है, तो भविष्य में हिंदी भाषा को आप कहाँ पातीं हैं?'' मृदुला जी सोचने लगीं, फिर बोलीं, ''भविष्य के बारे सोचकर मुझे बहुत ही निराशा का अनुभव होता है कि धीरे-धीरे हिन्दी एक भाषा की तरह खत्म होती जायेगी और सिर्फ बोल चाल की भाषा रहेगी, मगर पढ़ने-लिखने की भाषा नहीं रहेगी। क्योंकि सिर्फ साहित्य के भरोसे तो भाषा चलती नहीं। आपको उसमें विज्ञान, सामाजिक

विज्ञान, गणित इत्यादि सब कुछ उसमें आना चाहिए ताकि आप उसमें पढ़ सकते हैं, लिख सकते हैं या कोई नये अविष्कार कर सकते हैं। अब जैसे इन्टरनेट में सब कुछ अंग्रेजी में होता है, मगर सब देशों में ऐसा नहीं है जैसे:- जापान में सब जापानी भाषा में होता है। मगर जैसे ही इन्टरनेट आया, उसको तभी हिन्दी में कर देना चाहिए था। तब ऐसा हुआ नहीं और अब समय बीत गया। अब लोग अंग्रेजी के आदि हो गए हैं। कुछ ही लोग हैं जो कि हिन्दी में काम करते हैं।''

मृदुला गर्ग को हिंदी अकादमी द्वारा १९८८ में साहित्यकार सम्मान, उत्तर प्रदेश हिंदी संस्थान द्वारा, साहित्य भूषण सम्मान, २००३ में सूरीनाम में आयोजित विश्व हिन्दी सम्मेलन में, आजीवन साहित्य सेवा सम्मान, २००४ में 'कठगुलाब' के लिए, व्यास सम्मान तथा २००३ में 'कठगुलाब' के लिए ही, ज्ञानपीठ का वाग्देवी पुरस्कार, वर्ष २०१३ का साहित्य अकादमी पुरस्कार, (हिन्दी) उनकी कृति 'मिलजुल मन' उपन्यास के लिए प्रदान किया गया है। 'उसके हिस्से की धूप' उपन्यास को १९७५ में तथा 'जादू का कालीन' को 1993 में मध्य प्रदेश सरकार द्वारा पुरस्कृत किया गया। मृदुला जी साहित्य के साथ-साथ सामाजिक एवं राजनीतिक मुद्दों पर भी अपनी राय खुल कर देती हैं। मैंने जब उनसे पूछा कि क्या आप हिंदी की दुर्दशा के लिए राजनीति और हमारी शिक्षण पद्धति को जिम्मेदार मानती हैं? उन्होंने मेरे इस सवाल पर बेबाक राय दी, "देखिये राजनीति और शिक्षण पद्धति कुछ कर सकती हैं। अब जैसे हमारे प्रधानमंत्री हिंदी भाषा में बात करते हैं। ये अच्छी बात है लेकिन फर्क तब आएगा, जब नौकरशाही भी हिंदी में ही बात करें, आदेश हिंदी में जारी किया जाये। और सबसे जरूरी है कि हिंदी को कानून की भाषा बनायी जाये। आज जो अंग्रेजी नहीं जानता है, उसे भी अंग्रेजी में ही निर्णय सुना दिया जाता है, फिर चाहे उसको समझ आये, चाहे न आये। हमारे देश का दुर्भाग्य देखिये कि हमारे यहाँ 'हिंदी दिवस' मनाया जाता है। बात शिक्षण पद्धति की है, तो उसमें भी बहुत से बदलाव की जरूरत है। अगर उच्च शिक्षा, अंग्रेजी में दी जायेगी तो जाहिर है कि हिन्दी सीख कर बच्चा उच्च शिक्षा प्राप्त नहीं कर पाता। सबसे पहले तो जरूरी है कि जो शुरू में शिक्षा मिले, वो बच्चे को अपनी मातृ भाषा में मिले। दूसरा विज्ञान, गणित और बाकि जो भी विषय, बच्चों को सिखाते हैं, शुरू में वो हिन्दी में

सिखायें, जिससे उनको आदत पड़ जाये और बच्चा उसको अच्छे से समझ ले। विद्यालयों में अंग्रेजी सिखाएँ, मगर साथ में हिन्दी भी सिखाते रहें। और इसके साथ मुझे लगता है कि माता-पिता का भी कर्तव्य है कि वो बच्चों को हिंदी भाषा का ज्ञान जरूर दें, घर का वातावरण हिंदी का होना बहुत जरूरी है। बच्चों से अपनी मातृभाषा में बात करें, जिससे वो हिंदी बोलने में शर्म न महसूस करें। और मुझे लगता है कि कुछ जिम्मेदारी हम लेखकों की भी बनती है। हमको भी कुछ ऐसा लिखना चाहिए जो सरल और मजेदार हो। अब बच्चों को कहानियाँ सुनाई या पढ़ाई जाती हैं, वो आज के समाज से मेल नहीं खाती हैं। उनमें पुरानापन है। साहित्य की दृष्टि से अच्छी हैं, मगर बच्चों को समझ भी तो आनी चाहिए। ऐसी रोने-धोने वाली कहानियाँ होती हैं कि बच्चे शुरू से ही हिन्दी से विमुख हो जाते हैं। अब जो बात, मैं कह रही हूँ, उस पर ज्यादातर लेखक कहेंगे कि नहीं साहब, वो हिन्दी की महान कृतियां हैं। महान कृतियां पढ़ना ठीक है, मगर ये तो जरूरी नहीं कि वो पांचवी क्लास में ही पढ़ें। शुरू में आप उनको कुछ ऐसा तो पढ़ाये कि हिन्दी में बहुत मजेदार हो, जिससे बच्चों में हिंदी के प्रति दिलचस्पी उत्पन्न हो।

मृदुला जी से बात करते-करते समय का पता ही नहीं चला। दोपहर के खाने का वक्त हो चला था। उनके मीठे और प्यार भरे व्यक्तित्व का एहसास मुझे उसी समय हो गया था, जब एक दिन पहले मैंने उन्हें फोन पर बताया था कि मैं कल दोपहर १२ बजे तक पहुँच जाऊँगी। तभी मृदुला जी ने मुझे पलटकर फोन किया और कहा कि, ''रिंकल खाना मेरे साथ ही खाना, क्योंकि जब तक तुम आओगी तब तक लंच टाइम हो जायेगा।'' खाने की मेज पर खाना लग चुका था। मृदुला जी खुद ही सारी व्यवस्था देख रहीं थीं। मैं हैरान थी ये देखकर कि इतने सारे कामों को कितनी खूबसूरती से अंजाम देती हैं। खाने की मेज बड़े ही करीने से सजी हुई थी। खाने में दाल, चावल, सूजी का चीला, नारियल और पुदीने की चटनी थी। स्वादिष्ट भोजन के साथ-साथ बातचीत भी जारी थी। लेकिन बातों के बीच में भी उनकी मेहमान नवाजी देखते ही बनती थी। मृदुला जी के व्यक्तित्व में वाकई एक करिश्मा है। वो ऊर्जा से भरपूर नजर आती हैं। इसका श्रेय वो अपनी मानसिकता को देती हैं। उनका कहना है कि "मेरा शरीर बूढ़ा हो रहा है, लेकिन दिमाग से मैं अपने आपको वृद्ध नहीं समझती हूँ"।

मृदुला जी के उपन्यास और कहानियों का अनेक हिंदी भाषाओं तथा जर्मन, चेक, जापानी और अँग्रेजी में अनुवाद हुआ है। मृदुला जी ने बहुत से देशों की यात्राएँ की हैं, जब मैंने उनसे विदेशों के लोगों का भारतीय साहित्य पर नजरिया पूछा तो उन्होंने बताया, ''विदेशों में हिन्दी साहित्य कम ही पढ़ा जाता है। और ना ही शायद। ऐसी कोई हिन्दी की किताब नहीं है जो अनुवादित होकर वहाँ के आम लोगों में प्रचलित हुई हो। बस यूनिवर्सिटी में पढ़ा देते हैं। न ही वहाँ ऐसा कोई हिन्दी का लेखक है जिसे आम आदमी वहाँ खरीद के पढ़ता हो। जैसे कि 'मुरागामी' जापानी लेखक हैं, उन्हें आम लोग पढ़ते हैं। लेकिन वहाँ में और यहाँ में एक फर्क है, यहाँ लेखकों को वो तवज्जो नहीं दी जाती, जो वहाँ के लोग अपने लेखकों को देते हैं। आज के समय में यहाँ हालात ऐसे हैं कि लेखकों को अपनी आजीविका के लिए संघर्ष करना पड़ता है। जबकि वहाँ पर लेखक अपने लेखन की आय पर जी सकता है। क्योंकि यहाँ किताबों पर रॉयल्टी नहीं मिलती है और फिर किताबों के दूसरे संस्करण दोबारा नहीं छपते।

तो इस हालत के लिए जिम्मेदार कौन है समाज, राजनीति या प्रकाशक? “नहीं, इसके लिए समाज ही जिम्मेदार है। अगर किताब की मांग होगी तो प्रकाशक भी छापेगा। दूसरा यहाँ प्रकाशक माँग पैदा नहीं करता, जबकि दूसरे देशों में प्रकाशक मांग पैदा करता है, तो इस हिसाब से प्रकाशक भी दोषी हैं। हमारे यहाँ प्रोटोकॉल नहीं है, कोई सिद्धांत नहीं है।''

मृदुला जी स्तंभकार रही हैं, पर्यावरण के प्रति सजगता प्रकट करती रही हैं तथा महिलाओं तथा बच्चों के हित में समाज सेवा के काम करती रही हैं। उनके उपन्यासों में स्त्री-चरित्र के अलग-अलग स्वरूपों का समावेश है। हम दोनों ही अब तक अपना खाना खा चुके थे। अब हम फिर से उसी ड्राइंग हॉल में थे। खाने के बाद उन्होंने गरम-गरम चाय मंगवाई। चाय पीते हुए वो हँस कर बोली, ‘‘चलो अब चाय पे चर्चा करते हैं'' और हम दोनों ही हँस पड़े। इसी हल्के-फुल्के माहौल में मैंने पूछा, आपने तो महिलाओं के बारे में बहुत कुछ लिखा है, आज आप महिलाओं को कहाँ देखती हैं? क्या आप संतुष्ट हैं, महिलाओं की समाज में आज जो स्थिति है उसको लेकर? मृदुला जी दुःखी मन के साथ बोलीं, “नहीं, महिलाओं की स्थिति तो खराब ही है। हमेशा से खराब थी, अब भी खराब है। मगर फिर भी अब दो बातें हुई हैं- एक तरफ तो महिलाओं की शिक्षा बढ़ी है और दूसरा, वो हर क्षेत्र में काम करने जा रही हैं। लेकिन जैसे-जैसे महिलाएं आगे बढ़ रही हैं, वैसे-वैसे पुरुषों के लिए सहन करना मुश्किल हो रहा है। ये ईर्ष्या भाव जो है ना, उसकी वजह से ही महिलाओं के साथ ज्यादा हादसे होते हैं। और जिम्मेदार ठहराया जाता है, उनके कपड़ों को जो कि बहुत बड़ी बेवकूफी है। क्योंकि जब आप किसी बच्ची से बलात्कार करते हैं या किसी बूढ़ी औरत से बलात्कार करते हैं तो कपड़ों से कोई मतलब नहीं होता है। अब जैसे तुम सिनेमा को ही देख लो। उसमें दिखाया जाता है कि पहले लड़की को छेड़ो, फिर धीरे-धीरे प्यार हो ही जायेगा। रेप सीन को इतना भड़काऊ तरीके से दिखाते हैं कि जैसे पता नहीं कौन-सा महान काम हो रहा है। और धारावाहिकों में तो स्त्रियाँ हमेशा पैसों और जेवरों के लिए लड़ती हुई ही दिखाई जाती हैं। ये महिलाओं की छवि खराब करने जैसा है। इससे समाज पर असर पड़ता है। ये असल में पुरुषों की हीनभावना है कि वो चाहते हैं कि स्त्रियाँ आगे ना बढ़ें। शुरू से ही मां-बाप को अपने बेटे को समझाना

चाहिए कि स्त्री की इज्जत करनी है, इसलिए नहीं कि वह तुम्हारी बहन, मां या बेटी है बल्कि इसलिए कि वो एक स्त्री है, एक जननी है। शुरू से घर के अन्दर उनको सिखाया जाये कि भई, लड़की-लड़का एक समान है।"

मृदुला जी बहुत ही स्वच्छंद विचारों की महिला रही हैं। अपने विचारों को बड़े ही स्वतंत्र रूप से प्रस्तुत करती हैं। उनकी आवाज और उनकी बातों में आत्मविश्वास साफ झलकता है। वो बहुत ही स्नेहमयी और हँसमुख भी हैं। बातों-बातों में उन्होंने एक बड़ा ही दिलचस्प वाकया भी सुनाया, "ये जिन दिनों की बात है तो मैं काफी मैच्योर थी। और कोई बहुत ज्यादा एल्कोहल का शौक नहीं था। लेकिन कभी-कभी थोड़ा वाइन पीने का शौक रखती थी। वहाँ एक दिन मैं और मनोहर श्याम जोशी सड़क पर जा रहे थे। तो ऐसे ही सड़क पर चलते-चलते मैंने कहा, 'हम तो आजीज आ गए हैं।' पूरा दिन इधर-उधर जाने के बाद मैं शाम को जब कमरे में पहुंची तो वहाँ कमरे में एक विहस्की का गिलास रखा था। और उस पर लिखा था कि 'आजीज मत आओ, ये पियो', तो उन्होंने मेरे कमरे में व्हिस्की का गिलास रख दिया था। मेरे साथ सुनीता जैन थी। तो उन्होंने कहा कि ये क्या है? मैंने कहा कि 'कुछ नहीं, शरबत है।' मुझे आज भी जब वो बात याद आती है तो बड़ी ही हँसी आती है।" मृदुला जी का किस्सा सुनकर मैं भी हँसे बिना नहीं रह सकी। हंसी-मजाक के माहौल में मैंने उनसे पूछा कि आप अपने साहित्यिक जीवन को कैसे याद करती हैं? तो उन्होंने बड़ी ही संजीदगी से जवाब दिया कि, "मैंने जीवन में बहुत उतार-चढ़ाव देखे हैं। और बहुत दुःख भी झेला है मगर दुःख के बीच में कहीं अगर आदमी ये मानकर चले कि ये सिर्फ हमारे साथ नहीं हो रहा है, बहुत लोगों के साथ हो रहा है तो आदमी उस दुःख को झेल सकता है। मगर बहुत ऐसी चीजें भी हुईं जैसे-बहुत बीमारियाँ भी हुईं तो लगा कि भई अब तो लेखन छूटा। मगर लेखन नहीं छूटा, लेखन नहीं छूटा तो शायद एक सम्बल था या जीवन का पर्याय बन गया था। तो लिखना कभी नहीं छूटा और मैं समझती हूं कि कोई भी इन्सान ऐसा नहीं है जिसके जीवन में दुःख ना हो। फर्क बस इतना है कि कोई अपने दुःख के बारे में ज्यादा बात करता है, तो लोगों को लगता है कि यह बहुत दुःखी है। और कुछ लोग होते हैं कभी बात नहीं करते या करते भी हैं तो बहुत निजी लोगों से बात करते हैं। तो लोगों को लगता है कि भई, यह बहुत सुखी है, इसके पास सब कुछ है और इसको कोई संघर्ष

नहीं करना पड़ता। जीवन बहुत ही जटिल होता है। उसमें किसी भी एक चीज को हम नहीं कह सकते कि यह महत्त्वपूर्ण है, इसकी वजह से जीवन सुखी है, चाहे वो प्रेम हो या वैवाहिक जीवन हो। मुझे लगता है मेरे जीवन का केन्द्र, हमेशा बच्चे रहे हैं। उनसे मुझे बहुत सम्बल मिला और उसी में मुझे दुःख भी मिला क्योंकि मेरा एक बेटा नहीं रहा। लेकिन जीवन है, जीना ही पड़ता है। और मैंने भी जीवन को आगे बढ़ाया।'' यह बात बोलते हुए वो थोड़ा-सा नम हुई, लेकिन उन्होंने अपने अंदर दुःख और पीड़ा को बाहर आने नहीं दिया। पल भर में अपने आप को संभाल लिया। तुरंत बातों का रुख मोड़कर कहने लगीं, ''वो देखो, वो पेड़ है ना, उसमें पूरे साल में सिर्फ मार्च के महीने में फूल आते हैं और वो भी तीन अलग-अलग रंग के।'' बहुत ही साहसी और सकारात्मक विचारों वाली महिला हैं। मैंने भी उनकी बात में उत्सुकता दिखाई और फिर पूछा, आपके हिसाब से, आपकी सबसे बेहतरीन रचना कौन-सी है? और अब आगे आप क्या लिख रहीं हैं? मृदुला जी ने हलकी सी हँसी के साथ इसका उत्तर दिया कि, ''ये कहना तो बड़ा कठिन है क्योंकि हर एक रचना अलग-अलग किस्म की है मगर 'कठगुलाब' रचना, एक ऐसी है जिसको लोगों ने भी पसन्द किया है और उसमें बहुत गहरा सवाल है कि स्त्री क्या पुरुष होना चाहती है? या हम अर्धनारीश्वर की अवधाराणा मानते हैं कि पुरुष में स्त्री तत्व होते हैं और स्त्री में भी पुरुष तत्व होते हैं। दूसरा, पुरुष को स्त्री पर प्रभुत्व जमाना है या स्त्री को पुरुष पर प्रभुत्व जमाना है। बाकि जो मेरे मन के करीब है वो 'मिलजुल मन' है जिसमें मैंने अपने बचपन की बहुत सारी घटनाएँ लिखी हैं।''

समय काफी हो चला था। हालाँकि मृदुला जी से बात करने में ऐसा बिल्कुल नहीं लगा कि ये मेरी उनसे पहली मुलाकात है। ऐसा लग रहा था जैसे मैं अपने घर की ही किसी महिला से बात कर रही हूँ। लेकिन ये नियति है। अगर आगाज है तो अंत भी है। मैंने उनसे इजाजत ली और वापस अपने घर की ओर चल पड़ी। मगर रास्ते भर मैं उनके बारे ही सोचती रही कि कितनी सुलझी हुई, समझदार, स्वयं चिंतक और परिपक्व हैं। अपने अंदर दर्द का सागर समेटे हुए हैं, लेकिन बाहर लोगों को हमेशा सकारात्मकता और स्नेह बाँटती हैं। मृदुला जी से मिलने के बाद सच में मुझे जीवन को एक नए नजरिये से देखने की सीख मिली।

■

# पद्मश्री सुरेंद्र शर्मा

सिविल लाइन्स में स्थित सुरेंद्र शर्मा जी के घर जब मैं पहुंची तो बाहर ही उनके सुपुत्र से मेरी मुलाकात हुई। उन्होंने बताया कि वो (सुरेंद्र शर्मा) आपका ही इंतजार कर रहे हैं। घर के अंदर ड्राइंग रूम में जब मैंने प्रवेश किया तो सुरेंद्र जी सोफे पर बैठे हुए किसी से फोन पर बात कर रहे थे और उनका १० साल का पोता, वहीं पास में खेल रहा था। मुझे देखते ही वो उठे और बड़ी ही आत्मीयता के साथ मेरा स्वागत किया। सुरेंद्र जी से मिलकर मैं सोफे पर बैठी ही थी कि उनका पोता दौड़ कर मेरे पास आया और मेरे पैर छूए। उनके घर के संस्कार और पवित्र से माहौल को देखकर मैं चकित थी, जितने बड़े और महान कवि, उतना ही सादगी भरा जीवन। हालाँकि मुझे लगा ही नहीं कि मैं उनसे पहली बार मिल रहीं हूँ। लेकिन फिर भी इतने बड़े कवि से मिलने पर मैं थोड़ा-सा असहज थी, समझ ही

नहीं पा रही थी कि बात कहाँ से और कैसे शुरू करूँ? मुझे सहज करने के लिए उन्होंने मेरे हाल-चाल पूछे। तभी उनका रसोइया चाय लेकर आया, फिर गरमा-गरम चाय के साथ ही बातचीत का दौर शुरू हुआ।

सुरेंद्र शर्मा जी का जन्म हरियाणा की नंगल चौधरी ग्राम में २९ जुलाई, १९४५ को हुआ था। श्री सुरेंद्र शर्मा ने हँसी की गर्जना के साथ भारत की जनता के दिलों पर अमिट छाप छोड़ते हुए पद्मश्री पुरस्कार प्राप्त किया है। हास्य कवि सुरेंद्र शर्मा विश्वख्याति के लोकप्रिय कवि हैं। भारतीय कवि संस्कृति में मंच पर हास्य के पर्याय माने जाने वाले सिद्ध कवि जिनकी कविताओं के दीवानों में भारत के पूर्व प्रधानमंत्री स्वः अटल बिहारी वाजपेयी जी भी रहे हैं। पद्मश्री ही नहीं, काका हाथरसी पुरस्कार से पुरस्कृत सुरेंद्र शर्मा जी अब तक हजारों कवि सम्मेलनों के माध्यम से जनता को जागृत कर चुके हैं। देशी-विदेशी दर्शकों पर आपने 'म्हारी घराली' के माध्यम से पति-पत्नी संवाद काव्य की गहरी छाप अंकित कर दी है। सैकड़ों शो, हजारों सम्मान, लाखों कवि सम्मलेन, और करोड़ों दर्शक और श्रोता ही आपकी मूल्य निधि हैं।

अपने कवि जीवन के शुरुआती पलों को याद करते हुए उन्होंने बताया कि, "कॉलेज के दिनों में हम ८-१० लड़कों का ग्रुप था, जिसका लीडर था प्रह्लाद गुप्ता, जिसकी एक आर्केस्ट्रा पार्टी भी थी। इसमें हम सब मस्ती मजाक और एक दूसरे की टांग खींचा करते थे। इसके चक्कर में कॉलेज में क्लास भी नहीं अटेंड करते थे, तो पहले साल फेल भी हो गए। परन्तु उस एक साल में, हमको हास्य करने और हास्य को बर्दाश्त करने की क्षमता आ गयी थी। कॉलेज के दौरान ही कुछ मिमिक्री भी किया करते थे। और इन सब की वजह से कॉलेज के पहले साल मुझे कोई भी नहीं जानता था, मगर फेल होने के बाद के सेकेंड ईयर तक मुझे पूरी युनिवर्सिटी पहचानने लगी थी।'' सहज भाव भंगिमाओं के माध्यम से स्तरीय हास्य तक पहुंचते हुए आदरणीय शर्मा जी ने भारतीय जनता के मन को छुआ है। लाखों श्रोता उन्हें साँस रोककर सुनते हैं। उनके चुटीले व्यंग्य श्रोताओं के दिलो-दिमाग को पहले तो जगाते हैं, फिर हँसाते हैं। जब मैंने उनसे पूछा, "कविताओं में हास्य रस को ही क्यूँ चुना आपने?" तो उन्होंने बड़ी सहजता के साथ कहा, ''किसी और विधा में, मैं जा नहीं सकता था। गीत या गजल मैं

गा नहीं सकता था क्योंकि उसके लिए उसकी व्याकरण आनी चाहिए थी जैसे- दोहा, सोरठा, छंद इत्यादि। मैं बी.कॉम का छात्र था, अंग्रेजी माध्यम से पढ़ा हुआ, तो हिंदी व्याकरण की बहुत अधिक समझ नहीं थी। हाँ, लेकिन बोलचाल में, मैं हमेशा हिंदी भाषा का ही इस्तेमाल करता था। मैं और मेरे दोस्त हमेशा हिंदी में ही बातचीत और हास्य किया करते थे।'' तो फिर जैसा कि आपने कहा कि आप हिंदी के छात्र नहीं थे। तो हिंदी भाषा के प्रति आपका दृष्टिकोण क्या था? ''हिंदी के प्रति मेरा दृष्टिकोण ये था कि मेरी डिग्री भले ही अंग्रेजी की थी, लेकिन मेरे ज्ञान की भाषा हमेशा हिंदी ही थी। व्यक्तिगत चर्चाओं में कभी भी मैंने अंग्रेजी का इस्तेमाल नहीं किया। मेरे घर में भी हिंदी भाषा का ही वातावरण था, तो कोई दिक्कत कभी हुई नहीं। और हिंदी भाषा की वजह से मैं कमा खा रहा हूँ, इसीलिए हिंदी भाषा के प्रति जो मेरा आदर भाव है, वो था और हमेशा रहेगा।'' इसी बीच सुरेंद्र जी का एक फोन आ गया और वो फोन पर बात करने लगे। मैं उनके सरल स्वभाव को देख रही थी और उनकी बातचीत को सुन रही थी। दो मिनट बात करके उन्होंने फोन रख दिया। फिर मेरी तरफ देख कर मुस्कुराते हुए कहने लगे कि, "मैं कभी भी कोई कॉल मिस नहीं करता और अगर मिस हो भी जाये, तो पलटकर फोन जरूर करता हूँ। तुम एक चाय और लोगी?" मैंने भी ''हाँ'' कर दी। उन्होंने अपने रसोइये को आवाज देकर, दो कप चाय लाने को कहा और बातचीत का सिलसिला फिर से शुरू हो गया।

ज्यादातर अखबारों में लेख या स्तंभ लिखने वाले या मंच पर कविता पढ़ने वाले कवियों, लेखकों के लेखन से पाठक अंदाजा लगा लेते हैं कि यह लेखक किस राजनैतिक दल, संप्रदाय या व्यक्ति के प्रति पूर्वाग्रह-ग्रसित है। सुरेंद्र जी इस पूर्वाग्रह से सर्वथा मुक्त हैं। ना वो किसी के पक्षधर हैं और ना ही आलोचक। सुरेंद्र जी वाकपटु हैं। जब मैंने उनसे पूछा कि क्या आपको लगता है कि हिंदी भाषा के स्वतंत्र विकास ना होने के लिए राजनीति जिम्मेदार है? तो उन्होंने अपनी वाकपटुता का परिचय देते हुए कहा, ''राजनीति नहीं, हमारी लालसाएँ जिम्मेदार हैं। मेरा मानना है कि ज्ञान के लिए पहले अपनी भाषा का ज्ञान होना बहुत आवश्यक है। अंग्रेजी भाषा 'कार' लाना सिखाती है, लेकिन हिंदी भाषा 'संस्कार' सिखाती है। मनुष्य को मनुष्य बनने के लिए, संस्कारों का होना अति आवश्यक है। बिना संस्कारों के मनुष्य जीवन बेकार है, मनुष्य सिर्फ भौतिकवादी होकर

रह जायेगा। राजनीति तो फिर भी हिंदी भाषा के लिए कुछ कर रही है। मैं बहुत से मंत्रालयों के सरकारी समितियों से जुड़ा हूँ, जहाँ कार्यालयों में हिंदी में कामकाज होता है। लेकिन व्यक्तिगत या निजी व्यवसायी हिंदी का प्रयोग कम करते हैं। आप देखिये, पहले लोग अपने बहीखाते, पत्र-व्यवहार, और शादी-ब्याह के कार्ड इत्यादि हिंदी में ही छपवाते थे। मैं खुद भी कंपनी का रोकड़ हिंदी में ही लिखता था। हिंदी में ही लैजर बनता था, लेकिन अब सब बंद है। अब बड़े-बड़े अखबारों के अच्छे-से-अच्छे सम्पादकों के भी कार्ड या पत्र अंग्रेजी में ही आते हैं।'' तो क्या आज से २५ या ३० साल पहले भी यही स्थिति थी? आज हिंदी में रोजगार के अवसर बहुत कम हैं। क्या आप चिंतित नहीं हैं कि आने वाले २५ सालों में क्या स्थिति होगी? हिंदी को राष्ट्रभाषा बनाने का सपना अधूरा ही रह जायेगा? “मुझे लगता है कि आने वाले सालों में हिंदी में रोजगार नहीं होंगे। लेकिन हिंदी मन की भाषा है, जिसको मन से कोई भी नहीं निकाल सकता है। ये सही है कि अंग्रेजी का प्रभुत्व और बढ़ेगा लेकिन, हिंदी को खत्म कोई नहीं कर सकता है। हिंदी भाषा को राष्ट्रभाषा बनाने के लिए... अब तो शायद बहुत देर हो चुकी है। क्योंकि अब हिंदी सिर्फ वो लोग पढ़ते हैं, जिन्हें या तो हिंदी का अध्यापक बनना है या फिर पत्रकारिता में जाना हो। यहाँ तक कि अब तो पत्रकारिता और सोशल मीडिया जैसे फेसबुक या व्हाट्सप्प पर भी जो हिंदी लिखी होती है, वो रोमन लिपि में लिखी जाती है। तो मुझे लगता है कि भाषा से पहले तो लिपि के लुप्त होने का संकट ज्यादा है। हिंदी भाषा तो फिर भी दिल की और बोलचाल की भाषा है।'' राजनीति की बात करते हुए सुरेंद्र जी ने अपनी एक कविता की चार लाइन सुनाई :-

*कोई फर्क नहीं पड़ता*
*इस देश में राजा रावण हो या राम,*
*जनता तो बेचारी सीता है*
*रावण राजा हुआ*
*तो वनवास से चोरी चली जाएगी*
*और राम राजा हुआ*
*तो अग्नि परीक्षा के बाद*
*फिर वनवास में भेज दी जाएगी*

सुरेंद्र जी की चिंता वाजिब थी, वाकई आज बड़ी आसानी से हम सब रोमन लिपि में हिंदी को लिखते हैं। हमारी बातचीत चल ही रही थी कि तब तक गरमा-गरम चाय, पोहा, उपमा और साथ में हरी चटनी एक ट्रे में सजाये हुए रसोइया आ पहुँचा। सुरेंद्र जी ने उसे नाश्ता डाइनिंग टेबल पर लगाने के लिए कहा। अब हम उठकर खाने की मेज की तरफ आ गए। और नाश्ता शुरू किया। प्याज और लहसुन के बिना भी नाश्ता बहुत ही स्वादिष्ट बना था। सुरेंद्र जी ने बताया कि वो प्याज लहसुन नहीं खाते हैं। यहाँ तक कि विदेशों में भी जब किसी कार्यक्रम के लिए जाते हैं, तो अपने चित-परिचितों के घर ही खाना खाते हैं। विदेश शब्द सुनते ही मेरे मन में सवाल उठा और मैंने सहसा उनसे पूछा, आप तो बहुत से देशों की यात्राएं करते हैं, विदेशों में रह रहे लोगों का हमारे भारतीय साहित्य को लेकर क्या नजरिया है? "वहाँ जो लोग भारत से गए हैं, वो हिंदी कार्यक्रम या कविता गोष्ठियां इत्यादि आयोजित करते हैं, और सुनते भी हैं। लेकिन अब जो उनके बाद वाली पीढ़ी है, उसका हिंदी भाषा से कोई लगाव नहीं हैं या शायद भारत से भी नहीं। लेकिन हाँ, ये भी सच है कि वहाँ का लेखक, लेखन के बल पर जीवित रह सकता है। वहाँ के लेखकों की वहाँ अच्छी पहचान है।'' सुरेंद्र जी की बात सुनकर में थोड़ा सोच में पड़ गयी कि हमारे देश में लेखन के बल पर जीविका चलन इतना मुश्किल क्यों है? शायद उन्होंने मेरे चेहरे को भांप लिया तभी वो बोल पड़े, ''वैसे, ऐसी बात नहीं है, हमारे देश में भी १००० या १५०० या शायद इससे भी अधिक ऐसे लोग हैं जो लेखन के बल पर ही जीवित हैं।'' हम दोनों ही ठहाका मार कर हँस पड़े।

सुरेंद्र जी बहुआयामी हैं, सुरेंद्र जी एक बहुप्रसिद्ध हास्य कवि हैं ये तो हम सब जानते ही हैं, लेकिन वो एक बहुत अच्छे लेखक और समाज सेवी भी हैं। समाज सेवा के कार्यों में सदैव समर्पित रहते हैं। उनकी पुस्तकें- मानसरोवर के कौवे, बुद्धिमानों की मूर्खताएँ और बड़े-बड़ों के उत्पात (व्यंग्य लेख संग्रह) इत्यादि प्रकाशित हो चुके हैं। हिंदी संसार ने आपके गद्य संग्रह का भी भरपूर स्वागत किया। इन पुस्तकों की भाषा बहुत सीधी-सच्ची है। इनमें भाषायी दाँव-पेंच नहीं है। इसलिए यह मन और सोच को सजगता से बाँधती हैं। सुरेंद्र जी से इतनी देर की बातचीत में, मैं इतना सहज हो चुकी

थी कि बड़ी ही सरलता से मैंने उनसे पूछ लिया कि, अधिक-से-अधिक लोग हिंदी भाषा को अपनाएँ इसके लिए आप यानि एक कवि की क्या

भूमिका हो सकती है? पूछने के बाद मुझे लगा कि कहीं, मेरे इस प्रश्न से वो नाराज तो नहीं हो गए। लेकिन उन्होंने बड़े ही सरलता से उत्तर दिया, ''देखिये, कवि की नहीं, कला की भूमिका हो सकती है। जैसे- हिंदी सिनेमा। हिंदी सिनेमा ने, हिंदी भाषा को पूरे देश ही नहीं, बल्कि विदेशों तक पहुँचाया है। सिनेमा का हिंदी भाषा में सबसे अधिक योगदान है।'' मैं आश्चर्यचकित थी कि इतनी व्यस्तताओं के बावजूद भी वो समाज के हर पहलू पर नजर रखते हैं। उनकी बात में ही मैंने पूछा, लेकिन ऐसा कहा जाता है की सिनेमा ने भाषा में फूहड़ता भी दी है, इस पर आपका क्या विचार है? बड़ी ही साफगोई के साथ उन्होंने कहा, ''भाषा में नहीं, बल्कि लेखनी में होती है। यह लेखक और निर्देशक की जिम्मेदारी बनती है कि वो दर्शकों को क्या दिखा रहे हैं और जनता क्या देखना चाहती है? आप देखिये, पहले फिल्में एक सन्देश देती थीं समाज को, लेकिन अब जो फिल्में बन रहीं हैं वो सन्देशविहीन हैं।''

'चार लाइना सुना रिया हूँ' के सूत्रधार, वाचिक परंपरा के दिवाकर सुरेंद्र जी लगभग पाँच दशकों से श्रोताओं के निज हृदयासन पर विराजित हो कर हिन्दी भाषा की सेवा कर रहे हैं। सुरेंद्र शर्मा कुछ लिखे और घरवाली बीच में न आए, यह असंभव ही नहीं उनके लिए अशोभनीय भी है, क्योंकि कवि के रूप में उनकी ख्याति 'पत्नी जी!' के कारण ही है। बातों-बातों में, मैंने उनसे पत्नी जी पर चार लाइन बोलने की गुजारिश की, तो वो मुस्कुरा दिए। लेकिन जैसा कि हम सब उनके स्वाभाव से परिचित हैं, सुरेंद्र जी अपने प्रशंसकों का दिल नहीं तोड़ते, उन्होंने ये चार पंक्तियाँ आखिरकार सुना ही दी:-

*एक दिन म्हारी घराड़ी बोल्ली-*
*ऐ जी, पड़ोसी की चौथी घराड़ी मरगी*
*ते शमशान घाट हो आओ*
*मैं बोल्यो- मैं को तो नी जाऊं*
*मैं ओके घरा तीन बार हो आयो*
*वो एक बार भी नहीं आयो।*

कविता सुनकर मैं अपने आप को रोक नहीं पायी और जोर से हँस पड़ी। कुछ पल बाद ही, सभ्यता का परिचय देते हुए मैंने अपनी हँसी को रोका। फिर मैंने सुरेंद्र जी से उनकी पत्नी के बारे में पूछा, तो पता चला कि आजकल उनका स्वास्थ्य ठीक नहीं रहता है। इसीलिए वो आराम कर रहीं थीं। सुरेंद्र जी के लेखों में पत्नी, हास्य का विषय बनाने के लिए नहीं, अपितु लाक्षणिक चातुर्य से लेखक के कथन की पुष्टि करने के लिए तथा उसकी मान्यता पर मोहर लगाने के लिए प्रवेश किया है।

सुरेंद्र जी के लेखन में उनकी एक अपनी शैली है और- 'शैली लेखन का छायाचित्र है।' उनके बहुत से लेख 'दैनिक भास्कर' के साप्ताहिक स्तंभ में प्रकाशित हुए हैं। अधिकतर लेख सामयिक घटनाओं पर लिखे गए हैं। समाज के हर पहलू पर उनकी कड़ी नजर रहती है, फिर चाहे वो राजनीति हो या सामाजिक मुद्दे। सामाजिक मुद्दा चाहे महिलाओं से जुड़ा हो या फिर विद्यार्थियों से वो हर बात पर अपनी बेबाक राय रखते हैं। जब मैंने उनसे पूछा कि समाज में महिलाओं की स्थिति को आप किस तरह से देखते हैं? तो उन्होंने बड़े ही कम शब्दों में, लेकिन सटीक उत्तर दिया कि, "आज

समाज में महिलाएं हर क्षेत्र में बहुत अच्छा कर रहीं हैं। लेकिन जो खराब स्थिति है उसके लिए भी महिलायें ही जिम्मेदार हैं। अगर महिलाओं के खिलाफ १०० अत्याचार होते हैं, तो उनमें से ७५ के लिए दूसरी महिलाएं ही जिम्मेदार हैं, क्योंकि हर महिला को अपनी बेटी तो अच्छी लगती है, लेकिन बहु पसंद नहीं होती है।''

सुरेंद्र जी से बातचीत का दौर अब अपने अंतिम पड़ाव की ओर आने लगा था। लेकिन फिर भी उनके साथ धाराप्रवाह बातचीत अब भी जारी थी। सुरेंद्र जी की रचनाओं में व्यंग्य तो प्रखरता के साथ मौजूद होता ही है, साथ-ही-साथ हास्य के साथ पीड़ा और संवेदना भी होती है। जैसे मुझे याद है, उनकी एक कविता, जिसमें उन्होंने एक हथिनी का दर्द बयाँ किया, जिसके पुत्र की गर्दन स्वयं भगवान् शिव द्वारा अपने पुत्र गणेश के सर पर लगाने के लिए काट दी जाती है:-

*हथिनी ने भगवान शंकर से पूछा*
*मेरे बेटे का क्या कसूर था?*
*आपने अपनी पत्नी को माँ का सुख दिया*
*लेकिन मेरे से माँ का सुख क्यों छीना ये बताइये*
*आप तो सक्षम थे*
*मेरे बेटे की गर्दन अपने बेटे के लगायी*
*तो अपने बेटे की मेरे पर क्यों नहीं लगायी*
*काश! आप जानवरों के दर्द को समझ पाते*
*तो आज मंदिरों में इतने जानवर बलि ना चढ़ाये जाते*

उन्होंने बहुत लिखा है। उनके व्यंग्य से शायद ही कोई वर्ग अछूता रहा हो। पूरी निष्ठा के साथ उन्होंने कविधर्म का निर्वाह किया है। फिर भी जब मैंने उनसे पूछ ही लिया कि आपकी सबसे बेहतरीन कविता कौन सी है? तो उन्होंने बड़े ही कलात्मक ढंग से उत्तर दिया, "माता-पिता के लिए जिस तरह उनकी औलाद में से कोई भी घटिया या बेहतरीन नहीं होता, वैसे ही एक कवि के लिए उसकी कोई भी एक कविता बेहतरीन नहीं हो सकती। लेकिन हाँ, कई और लेखक हैं, जिनके द्वारा लिखी गयी पुस्तकें मुझे पसंद हैं जैसे- महावीर त्यागी की

'आजादी के आंदोलन और हँसते हुए आंसू' मुझे बहुत पसंद है। और ओशो से ज्यादा विचारशील मुझे और कोई नहीं लगता। उनके विचार बहुत ही प्रभावशाली हैं। और मेरा मानना है कि विचारों से अधिक कुछ भी बलशाली नहीं है।''

नवोदित कवियों को आप क्या सन्देश देना चाहेंगे? मैंने पूछा, उन्होंने अपने चुटीले अंदाज में कहा, "यही कि, सन्देश देने वालों से दूर रहो।'' इतना सुनते ही मैं हँस पड़ी। इतने बड़े और महान कवि के साथ चल रही बातचीत अपने अंतिम पड़ाव पर आ ही गई। हालाँकि, बातचीत में समय का पता ही नहीं चला। अब बारी थी मेरे प्रश्न की, जिसके बाद ये दौर थमने वाला था। मैंने सुरेंद्र जी से बड़े ही बुझे मन से कहा कि अब मेरा आखिरी सवाल, अपनी अब तक की जीवन यात्रा को किन शब्दों में बयाँ करना चाहेंगे? उन्होंने हँसते हुए कहा, ''आखिरी क्यों? अब तो तुम मुझसे मिलती रहोगी, और सवाल जवाब हमेशा चलते रहेंगे। रही बात जीवन-यात्रा की तो चाहे कितनी भी लम्बी जीवन यात्रा तय की है, लेकिन आज भी मैं कविता जगत का एक सिपाही या चौकीदार ही हूँ, सम्राट नहीं। अभी भी लेखन में बहुत संभावनाएं हैं। निरंतर सोचना और लिखना, ये हमारा कर्तव्य है, ये

जारी रहना चाहिए। अगर जिस दिन आप ये सोच लोगे कि मैं तो चोटी पर पहुँच गया, तो उस दिन लेखन रुक जायेगा।'' सच! मायूसी को मुस्कुराहट में बदलने का नाम ही 'सुरेंद्र शर्मा' है।

अब वो घड़ी आ ही गई थी, जब मैंने उनसे, अपने जाने की इजाजत मांगी। तभी उन्होंने बताया कि, उन्हें भी एयरपोर्ट जाना है। मैं हैरान थी कि इस उम्र में भी वो इतने ऊर्जावान कैसे हैं? समाज सेवा, समितियों के कार्य और कवि-सम्मेलन, इतना सब कुछ कैसे कर लेते हैं?

बस इन्हीं मन विचारों के चलते मैंने उनसे एक और प्रश्न पूछ ही लिया कि आप इतने ऊर्जावान हैं, इसके पीछे क्या राज है? उन्होंने बताया, ''काम को आनंद की तरह लेता हूँ, बोझ की तरह नहीं। और सपनों के पीछे नहीं भागता। चलते रहना अपना काम है, जहाँ पहुँच गए वहीं मंजिल है।''

सुरेंद्र जी के कुछ समय के सानिध्य में मैंने उनके बारे में बहुत कुछ जाना। उनके हर विचार और हर रूप के आगे नतमस्तक हूँ। उनके साथ बात, उनका स्नेह और उनका अपनापन मेरे लिए एक अत्यंत मूल्यवान अनुभव है।

■

# ममता कालिया

अपनी पुस्तक "हिंदी के नौ सारथी" के लिए मुझे नौ रत्नों की खोज करनी थी। आज मेरी पहली यात्रा शुरू हो रही थी, गाजियाबाद में रहने वाली ममता कालिया जी से मिलने के लिए। ममता कालिया जी एक ऐसी प्रतिभावान लेखिका जिनके बारे में जितना कहो उतना थोड़ा। ममता जी के घर पहुँची तो उन्होंने दरवाजा खोला और देखते ही बोली "आओ रिंकल, मैं तुम्हारा ही इंतजार कर रही थी।" मुझे ऐसा लगा जैसे मैं उनसे कितनी चिर परिचित हूँ । उन्होंने मुझे अपने घर के अंदर ड्राइंग रूम में बैठाया। वह जानती थी कि मैं एक लंबी दूरी तय कर आ रही हूँ। उन्होंने पहले से ही मेरे लिए सेंडविच, चाय और नाश्ते का पूरा इंतजाम करके रखा हुआ था। मैं जाकर बैठी और कहा, ''मैम शुरू करते हैं'', तो उन्होंने कहा, ''नहीं, काम

तो होता रहेगा, पहले कुछ खा लो।" इस दो पल की बात से और उनके व्यवहार से, मैं भी बहुत सहज महसूस करने लगी थी। मुझे ऐसा बिल्कुल नहीं लग रहा था कि मैं एक ऐसी बड़ी शख्सियत से मिलने आई हूँ जो साहित्य जगत का एक बड़ा नाम है। लेकिन इतनी सादगी मुझे देखने को मिलेगी, ऐसा मैंने सोचा भी नहीं था।

ममता कालिया जी का जन्म १९४० में भगवान श्रीकृष्ण की नगरी मथुरा में हुआ था। ममता कालिया जी की शिक्षा दिल्ली, मुंबई, पुणे, नागपुर और इन्दौर जैसे शहरों में हुई। उनके पिता स्व. विद्याभूषण अग्रवाल पहले अध्यापन में और बाद में आकाशवाणी में कार्यरत रहे। वे हिंदी और अंग्रेजी साहित्य के विद्वान थे और अपनी बेबाक बयानी के लिए जाने जाते थे। ममता जी पर पिता के व्यक्तित्व की छाप साफ दिखाई देती है। ममता कालिया जी ने कहानी, उपन्यास, कविता, नाटक, संस्मरण और पत्रकारिता अर्थात साहित्य की लगभग सभी विधाओं में अपनी कलम का जादू बिखेरा। उन्होंने अपने लेखन में रोजमर्रा के संघर्ष में युद्धरत स्त्री का व्यक्तित्व उभारा। अपनी रचनाओं में वह न केवल महिलाओं से जुड़े सवाल उठाती हैं, बल्कि उन्होंने उनके उत्तर देने की भी कोशिश की है।

बातचीत की शुरुआत मैंने एक सवाल के साथ की। मैंने पूछा कि आपका शुरुआती जीवन, जब आपने लिखना शुरू किया, तब आपको किसी तरह के संघर्ष का सामना करना पड़ा था? ममता जी ने बताया, "नहीं रिंकल, मेरे जीवन में संघर्ष बिलकुल नहीं हुआ। मैं पढ़ती बहुत थी। और, मैंने काफी कच्ची उम्र में पक्के राईटर्स पढ़ लिये थे। तो उससे ये हुआ कि एक आत्म विश्वास पैदा हुआ और ये लगा कि लिखना जीवन का बहुत अच्छा रास्ता है। क्योंकि इस रास्ते पर मुझे ये लगा कि आप लोगों से कम संघर्ष करके, आगे बढ़ सकते हो। और मेरे घर में क्योंकि सारा दिन पढ़ने-लिखने का माहौल था, तो बहुत मदद मिली। जब मैंने होश संभाला था, १९५५-५८ के करीब, मैं १६-१७ साल की जब हुई, उस समय लिखने की इज्जत बहुत थी। और हम लोगों के हीरो जो थे, वो जैनेन्द्र कुमार, अज्ञेय जी और कृष्ण प्रभाकर, ये सब हमारे हीरोज थे, उस समय क्योंकि ये सब हमारे घर आते थे। और मैं देखती थी कि हमारे पापा उनकी कितनी रेसपेक्ट करते थे। हर समय पूछते रहते थे, आपने नया क्या लिखा? आपकी किताब

कहां पर मिलेगी? तो जो इज्जत पापा करते थे, उन लेखकों की, उससे तो मुझे ऐसा लगा कि लेखक बनना तो बहुत ही अच्छी बात है। और छपने का संघर्ष कभी भी नहीं रहा। उस समय हम हिन्दी भाषी थे, हिन्दी बोलते थे। तो बहुत ही स्वाभाविक सी बात थी कि हम पहले हिन्दी में कलम उठाते। क्रिस्चन कॉलेज में, मैं जहां पढ़ती थी वहाँ भी सारा माहौल जो था, वो हिन्दी का था। वहाँ हिन्दी की कवि गोष्ठियां होती रहती थीं। तो मुझे लगा कि ये कौन-सा मुश्किल काम है लिखना? ये तो मैं एक मिनट में लिख दूंगी। मतलब, इंग्लिश में भी लिखा करती थी, लेकिन हिन्दी में लिखने पर लगा कि जैसे रातों-रात सफलता मिल गई है। और वहाँ के जो लोकल पेपर्स थे, वहाँ हमारी कविता छपने लग गई। तो इस तरह का कोई संकट या संघर्ष नहीं हुआ, जो एक नवोदित लेखक को होता है। अब मुझे लगता है कि दुनिया ज्यादा कठिन हो गई है, लिखने वालों की। उस समय कोई दिक्कत नहीं हुई क्योंकि लिखने वाले तब संख्या में कम थे। ऐसा नहीं कि जैसे घर-घर में लेखक पड़ा हुआ हो। उस समय हमारे पढ़ने के लिए मोहन प्रसाद मिश्र, बाल कृष्ण शर्मा, नवीन दिनकर, महादेवी वर्मा, निराला ये सब मिलते थे। लेकिन जाहिर है कि इन जैसा नहीं लिख पाये, वो हमारी उम्र भी नहीं थी। हमने जब शुरू किया तो अपनी तरह से लिखते थे। लिखने में सबसे अच्छा यही लगता था कि ये एक ऐसा व्यवसाय है कि जिसमें हम व्यस्त रहकर, मस्त रहते हैं।''

प्रारम्भ में, 'प्यार शब्द घिसते-घिसते चपटा हो गया है अब हमारी समझ में सहवास आता है', जैसी साहसी कविताओं से लेखन आरंभ कर ममता जी ने अपनी सामर्थ्य और मौलिकता का परिचय दिया और जल्द ही कथा-साहित्य की ओर मुड़ गई। ममता जी ने जब शिक्षा ली, तब उनका विषय हिंदी नहीं था। लेकिन उन्होंने लेखन हिंदी में ही शुरू किया। हिंदी भाषा के प्रति उनका दृष्टिकोण जानने के लिए मैंने प्रश्न पूछा तो उन्होंने बताया कि, ''भई, मैं ये कहूँगी कि ऐसा नहीं है कि अन्तर हमेशा विघटन वाला होता है। अन्तर कई बार एक पूरी विधा के बदलने का भी होता है। जैसे हिन्दी उस समय साहित्य की भाषा थी, रेडियो के प्रसारण की भाषा थी और मंच पर बहुत अच्छे भाषणों की भाषा थी। उस समय जब हम सुनते थे, राम मनोहर लोहिया, अटलबिहारी वाजपेई या अपने पंडित नेहरू तो तबियत खुश हो जाती थी। उस

समय हिन्दी भाषा ज्यादा प्रांजल रुप में और ज्यादा सुन्दर और सुसंस्कृत रुप में सामने थी। हमने अपने भाषा संस्कार वहीं से शुरू किये। आज हिन्दी भाषा ज्यादा जीवंत हैं। लेकिन अब सरलीकरण के चक्कर में, हम लोग शायद उसके असली सौन्दर्य से हम वंचित हो रहे हैं। आज हमने अपनी भाषा को घर-घर तो पहुँचा दिया है। लेकिन साथ-ही-साथ मुझे लगता है कि हिन्दी भाषा का जो एक सौन्दर्य था, जो गरिमा थी, वो कहीं खो गयी है।''

ममता जी अपनी कविताओं में जैसे बिंदास लिखती हैं, वैसे ही वो राजनीति पर भी बात करती हैं। जब मैंने उनसे पूछा, हिंदी भाषा के विकास में राजनीति कैसे एक अवरोध है? और ये कैसे राष्ट्रभाषा बन सकती है? तो उन्होंने अपने उसी बिंदास लहजे में अपनी राय दी, ''सबसे पहले एक चीज तो यही है कि इच्छा शक्ति की कमी है। जब हमने इसको पहली बार राजभाषा बनाया था, यह कहकर कि सारी किताबें और सारा संविधान अंग्रेजी में हैं इसलिए हम अंग्रेजी को रहने देते हैं जनरल भाषा के रुप में, और हिन्दी को राजभाषा के रुप में प्रतिष्ठित करते हैं। जब ये कहा गया था, तो हम लोगों ने क्या किया? हमने जिसे काम चलाऊ भाषा माना था वो तो हो गई हमारी मुख्य भाषा और हिन्दी को हम काम चलाऊ बनाते चले गए। अगर नीति हमारी स्पष्ट होती, तो हमारे देश की राष्ट्र भाषा हिंदी होती। अगर नीति स्पष्ट होती तो कोई कारण नहीं हैं कि हमारी किताबें सारी हिन्दी में ना होतीं। हमारी पढ़ाई सारी हिन्दी में ना होती। जापान ने ये काम किया, चीन ने ये काम किया, छोटे-छोटे देशों ने ये काम कर लिया। क्या डेनमार्ग क्या फिनलैण्ड, ऐसी जगह नहीं है जिन्होंने ये काम नहीं किया। राष्ट्र भाषा को बनाने में सबसे जरूरी चीज तो ये है कि आप के अन्दर इच्छा शक्ति कितनी है? और निर्णय क्षमता कितनी है? वो निर्णय शक्ति भी हम लोगों में धूमिल दिखी। हम जाने क्यों अंग्रेजी से डरते हैं, अंग्रेज चले गए, डर हमारे पास छोड़ गए। अब जैसे भले ही मेरा विषय इंग्लिश रहा है, भले जीवन भर मैंने इंग्लिश पढ़ाया है। लेकिन मैं ये मानती हूँ कि एक दिन जैसे नोटबंदी का आदेश हुआ था ना कि रात १२ बजे से नोट अमान्य हो जायेंगे। इस तरह से अगर ये निर्णय ले लिया जाए कि १० दिसम्बर रात १२ बजे से अंग्रेजी अमान्य हो जायेगी तब आप देखिए कि हिन्दी कैसे आती है। मेरी कोई निर्णायक क्षमता नहीं है। स्त्रियों का तो वैसे भी प्रतिशत इतना

कम है। संसद में और विधानसभाओं में ही देख लो आप। हमारे पास तो निर्णय क्षमता ही नहीं हैं। हम कैसे करेंगे? हम जनता हैं तो वैसे ही बोलते रहते हैं। लेकिन सरकार चाहे तो बहुत कुछ कर सकती है। लेकिन परेशानी बस यही है, सरकार कुछ करना नहीं चाहती है।

ममता कालिया जी मानती हैं कि समाज का हर वर्ग हिंदी भाषा के विकास में अपना योगदान दे सकता है। वो अपने स्वयं के बारे में भी कहती हैं कि, ''देखिए, हम लगातार हिन्दी में लिखते हैं। हम कोशिश ये करते हैं कि हमारी हिन्दी के अन्दर अंग्रेजी का प्रदूषण ना आए। जबकि बहुत से ऐसे जुमले हैं, बहुत से ऐसे प्रसंग है, बहुत-सी ऐसी बाते हैं, स्मृतियां हैं जिनको आप अंग्रेजी में तरीके से कह सकते हैं। क्योंकि, अंग्रेजी बड़ी समर्थ भाषा है। वो हम लोगों को २०० साल पहले दी गई, गले के अन्दर डाली गई है। तो हम वो भाषा जानते हैं, अच्छी तरह से। लेकिन फिर भी एक लेखक के रुप में मेरी कोशिश यही रहती है कि मैं जब भी लिखूं, हिन्दी में लिखूं, जब भी बोलूं, हिन्दी में बोलूं और मुझे इसकी कोई चिन्ता नहीं कि मैं हिन्दी में बोल रही हूँ तो मुझे अनपढ़ समझा जा रहा है। देखिए हमारे देश में एक ये मनोविज्ञान भी है कि जो हिन्दी बोलता है, उसे कमतर समझा जाता है। इसका क्या है, ये तो हिन्दी बोलता है। तो वो एक दयनीयता की भावना जुड़ी हुई है। वो मैं मानती हूँ कि इसके ऊपर विजय पानी पड़ेगी और सबको हिन्दी को अपनी भाषा के रुप में, अपनी राष्ट्र भाषा के रुप में, अपनी निज भाषा के रुप में, इसका प्रचार करना चाहिए। इसको आगे बढ़ाना चाहिए।"

बातचीत के दौरान, ममता जी ने मुझे एक-एक चाय और पीने के लिए कहा। उनकी तबियत थोड़ी नासाज, थी लेकिन फिर भी वो अपना काम खुद ही कर रहीं थीं। अपने हाथों से चाय बना कर लायीं। चाय की चुस्कियों के साथ ही मैंने पूछा, हमारे यहाँ हिंदी में लोगों को रोजगार भी तो नहीं मिलता है। आप क्या सोचती हैं इस बारे में? उन्होंने कहा, ''देखिए, हिंदी में रोजगार सीमित है, ये बात पहले के समय में लागू होती थी। मैं इस बात से आज समर्थन नहीं करती हूँ। आज तो हालात ये हैं कि चीन, जापान, कोरिया के बच्चे, अमेरिका के बच्चे, युनिवर्सिटी में आते हैं हिन्दी सीखने। सोचिये क्यों आते हैं? क्योंकि, आज हिन्दी बाजार की भाषा हो गई है। आज हिन्दी में अपना उत्पाद बेचने के लिए, आपको हिन्दी बोलनी पड़ती है। अब गांव

में आप पैप्सी बेचेंगे अंग्रेजी में, तो समझेंगे नहीं। आप जायेंगे और उनको मुफ्त पिलायेंगे और कहेंगे कि देखो कितना अच्छा शरबत हैं। तब जाके वो पैप्सी बिकेगी। तो ये अच्छा समय है, जब विदेशी कम्पनियाँ भारत में निवेश के लिए इच्छुक हैं। अब क्योंकि वो यहाँ व्यापार के लिए आएँगी तो उन्हें जन-जन तक पहुँचने के लिए हिंदी भाषा को सीखना ही पड़ेगा।

मैंने पूछा, जैसा अभी आपने कहा कि बाहर के देशों के बच्चे यहां हिन्दी सीखने आते हैं। आपने भी कई देशों की यात्राएं की हैं। तो वहाँ के लोगों का हमारे हिन्दी साहित्य के बारे में क्या नजरिया है? उनका क्या दृष्टिकोण है? ममता जी ने बताया, ''बहुत उत्साहवर्धक है। बाहरी देशों में नहीं, बाहरी क्षेत्रों में भी हिन्दी का प्रतिनिधित्व करने जब जाते हैं, तो जो उत्साह देखने को मिलता है वो हमारे अपने देश में नहीं मिलता। बाहरी देशों में नहीं, बाहरी क्षेत्रों में, लेखक को बहुत ऊँचा दर्जा देते हैं। मैं तो जापान में गई, मैंने उनकी लाईब्रेरी देखी। वहाँ पर मुझे इतने प्राचीन ग्रंथ देखने को मिले हिन्दी के और वो कैसे संभाल कर रखते हैं, बहुत खूबसूरती से। एक-एक पृष्ठ का उन्होंने ऐसा ट्रीटमेंट कराया है कि किसी भी समय तक नष्ट नहीं हो। विभाग बदल जायेंगे लेकिन वो पुस्तक रहेगी। इसी तरह, मैंने वहाँ पर देखा कि अपने स्मारकों को वो कैसे रखते हैं, तो मुझे ये लगा कि बाकी देशों में अपने महापुरुषों के लिए, अपने साहित्य के लिए, संस्कृति के लिए जो लगाव है और जो उसके लिए उनकी प्रतिबद्धता है, वो हमारे देश में नहीं है। ये बड़ी खराब बात है।''

ममता जी ने अपनी कविताओं और कहानियों में, महिलाओं के ऊपर बहुत लिखा है। उन्होंने 'एक अदद औरत' से लेकर एक 'पच्चीस साल की लड़की' जैसी कहानियां बुनी हैं। आज के समाज में महिलाओं की स्थिति है, उस सन्दर्भ में वो कहती हैं कि, ''देखो रिंकल, मैं कहूँगी महिलाओं की स्थिति तो बेहतर हुई है, कोई शक नहीं है। आज से ४० साल ५० साल पहले की स्त्री को देखें और आज की स्त्री को देखें, आज स्त्री के मुंह में जुबान आ गई है। पहले जुबान नहीं थी। पहले फिल्में होती थी 'मैं चुप रहूँगी', आज हम कहानियां लिखते है 'बोलने वाली औरत'। बहुत बड़ा फर्क आया है। फिर मैं ये मानती हूँ कि नया मीडिया इन्टरनेट, ह्वाटसएप्प, ये सारे जो डिवाइसेस आ गईं, ईमेल इत्यादि, इनसे हमको बहुत अधिक शक्ति मिली है। इन पर हम अपनी बात कह सकते हैं। और बिना संकोच कह सकते हैं और उसमें यह नहीं लगता कि हमें कोई दूसरा देख लेगा तो क्या कहेगा। हम अपनी बात खुल के कह देते हैं। तो मुझे लगता है कि आज स्त्री की स्थिति बहुत बेहतर है। उसके अन्दर बहुत आत्मविश्वास भी आया है। शिक्षा की बहुत बड़ी भूमिका हुई है। आज मैं बिहार के गांव में जब एक हफ्ता रह कर आई और मैंने जिस भी परिवार से बात की, जैसे किसान परिवार से, मैने पूछा कि बच्चे कहां हैं? तो उन्होंने कहा कि स्कूल गए हैं। हर परिवार में बच्चे स्कूल जा रहे हैं। तो एक बड़ा अच्छा बदलाव हैं। कस्बे के, शहर के तो जाते ही हैं बच्चे। लेकिन मैं जानना चाहती थी कि गांव में क्या हाल है? तो गांव में भी मैंने पाया कि सब बच्चे स्कूल जाते हैं। ये एक बहुत अच्छा लक्षण है। हमारे देश में, कोई शक नहीं है कि गुंजाईश बहुत है सुधार की। और देखिए इतना विशाल देश है हमारा कि इसमें समग्र विकास होते तो देखें हैं। देखिए, जब कोई देश विकास करता है, जब कोई समाज विकास करता है ना, तो वो हर दिशा में विकास करता है। वो थोड़ा-सा नेगेटिव विकास भी करता है, थोड़ा पोजेटिव विकास भी करता है। ये जो घटनाएं हैं बलात्कार की, इतनी ज्यादा यौन हिंसा की, इसमें कोई शक नहीं कि सामाजिक विकृतियां हैं। मुझे बहुत चिंता है कि यौन घटनाएं बढ़ती चली जा रही हैं, और आज कम-से-कम महानगरों में, दिल्ली में तो, लड़की सुरक्षित नहीं है। तो मुझे ये लगता है कि इसमें हमें सबसे ज्यादा जो है, पुरुष-विमर्श की जरूरत है। हमने अपनी स्त्रियों को

तो जागरूक कर लिया। उनको पढ़ा दिया, लिखा दिया, रोजगार के लिए, नौकरी के लिए, शिक्षा के लिए जागरूक कर दिया। हम अपने पुरुषों को यानि लड़कों को उतने जागरूक नहीं कर पाये। हम उनको ये संस्कार नहीं दे पाये कि एक क्लास में लड़की और लड़के दोनों पढ़ेंगे। और यह कि लड़कियों की शारीरिक संरचना अलग होती है। हम तो पुरुषों को देखकर ऐसे नहीं होते कि हम पागल हो जाएं। मैं ये सोचती हूँ कि पहनावे पर दोष डालना एक किस्म से अपनी जिम्मेदारी को वापस स्त्रियों पर डाल देना है। जब हम यह कहते हैं कि पहनावे की वजह से ऐसा हो रहा है, मैकअप की वजह से ऐसा हो रहा है। तो ये आप सारी समस्या को एक बाजू वाली गली में डाल देते हैं। इस चीज का अर्थ क्या है? जो दो साल की लड़की है, वो बस्ती में खेल रही है, कपड़े पहने हुए है, उसको पकड़ के ले जाते हैं, यौन शोषण करते हैं, मार के फेंक देते हैं। उसने किसको उत्तेजित किया होगा। उसने कौन से भड़काऊ कपड़े या भड़काऊ मेक-अप किया था। ये सब मानसिक बीमारी है। ये पुरुष की विकृत मानसिकता है और कुछ नहीं। तो मुझे ये लगता है कि इसके लिए हमें थोड़ा पुरुषों को भी जागरूक करना पड़ेगा। उन्हें शिक्षित करना पड़ेगा। हमें उनको समझाना पड़ेगा कि वो स्त्री को किस नजर से देखें? ये बहुत जरूरी है। वैसे ये बहुत बड़ी समस्या है, इसका हल ऐसे दो चार दिन में नहीं निकलेगा। हल को निकलने में पचासों साल लगेंगे।"

ममता जी द्वारा रचित बहुत-सी कृतियां प्रकाशित हुई हैं जैसे- दो खंडों में अब तक की संपूर्ण कहानियाँ 'ममता कालिया की कहानियाँ' नाम से प्रकाशित, उनके शुरुआती पाँच कहानी-संग्रहों की कहानियाँ एक साथ प्रथम खंड में तथा दूसरे खण्ड में उनके चार कहानी संग्रहों को शामिल किया गया है। कहानी संग्रह- छुटकारा, एक अदद औरत, सीट नं. छः, उसका यौवन, जाँच अभी जारी है, प्रतिदिन, मुखौटा, निर्मोही, थिएटर रोड के कौए, पच्चीस साल की लड़की। उपन्यास- बेघर, नरक-दर-नरक, प्रेम कहानी, लड़कियाँ, एक पत्नी के नोट्स, दौड़, अँधेरे का ताला, दुक्खम-सुक्खम, कविता संग्रह- खाँटी घरेलू औरत, कितने प्रश्न करूँ। नाटक संग्रह- यहाँ रहना मना है, आप न बदलेंगे। संस्मरण- कितने शहरों में कितनी बार। अनुवाद- मानवता के बंधन (उपन्यास- सॉमरसेट मॉम) इत्यादि। अपनी कृतियों के बारे ममता

कहतीं है कि, ''देखिए, अभी बेस्ट तो लिखी जानी है। बेस्ट तो अभी लिखी नहीं हैं क्योंकि कोई भी लेखक है, वो अगर संतुष्ट हो गया तो समझो वो नष्ट हो गया। तो उत्कृष्टता तो नष्टता की ओर ले जाती है। मैं संतुष्ट नहीं हूँ किसी भी रचना से। थोड़ी-सी तसल्ली मिली मुझे 'दौड़' उपन्यांस लिखकर क्योंकि वो आजकल के नौजवानों के बारे में है। युवा पीढ़ी के बारे में है, जो एमबीए करते हैं और एडमिनिस्ट्रेशन में जाते हैं। दुनिया की मार्केट में घूमते हैं। उस पीढ़ी के बारे में वो लिखा है। मुझे थोड़ा अफसोस भी होता था, जब मेरे अपने बच्चों ने एमबीए किया है। मुझे हमेशा लगता है, ये जो बच्चे इतने तेज थे साहित्य में, इतिहास में, समाज विज्ञान में। और अब ये इस बात से बड़े खुश है कि हम तो बिजनेस करेंगे। हम तो पेट्रोल बेचेंगे, टूथपेस्ट बेचेंगे, बड़ी-बड़ी कंपनियों में सैलरी पैकेज के ऊपर ये बच्चे चले गए। सभी परिवारों के बच्चे धीरे-धीरे, ऐसी दुनिया में घुस गए, जिस दुनिया में उनकी शिक्षा-दीक्षा का कोई मतलब ही नहीं। जीवन का कोई अर्थ ही नहीं, बस आपाधापी में लगे हैं।''

ममता कालिया जी साहित्य जगत में, अभिनव भारती सम्मान, साहित्य भूषण सम्मान, यशपाल स्मृति सम्मान, महादेवी स्मृति पुरस्कार, कमलेश्वर स्मृति सम्मान, सावित्री बाई फुले स्मृति सम्मान, अमृत सम्मान, लमही सम्मान, जनवाणी सम्मान, सीता पुरस्कार इत्यादि सम्मानों से नवाजा गया है। दोबारा की चाय भी खत्म हो चुकी थी और समय भी। अपनी बातचीत के अंतिम पड़ाव पर, मैंने उनसे पूछा कि आप अपनी अब तक की जीवन यात्रा

को किस तरह बयाँ करना चाहेंगी? तो उन्होंने थोड़ा सोचते हुए कहा कि, ''अच्छी रही, बहुत अच्छी रही। जो जीवन साथी मिला और जो दोस्त मिले, बहुत अच्छे मिले। ठोकरें भी बहुत खाईं, बहुत शहरों की धूल भी फांकी, लेकिन कुल मिला कर सब अच्छा था। बाकि एक जीवन में सारे सपने तो कभी पूरे नहीं होते हैं। अपने बच्चों के बच्चे बड़े होते देखना, हिन्दी साहित्य को एक सम्मानित प्रतिष्ठा पाते देखना, अंग्रेजी की किताबों से आगे हिन्दी की किताबों को निकलते देखना और देश में हर जगह हिन्दी का बहुत व्यापक प्रचार-प्रसार देखना, बस अब तो यही मेरा सपना है।''

नवोदित लेखक और लेखिकाओं को सन्देश देते हुए ममता जी कहती हैं, ''हां, उनसे मुझे बहुत उम्मीद है जो नई लेखिका आ रही हैं और लेखक आ रहे हैं। उनसे मुझे बहुत उम्मीद है क्योंकि उनके अन्दर बहुत साहस है जो कि अच्छी बात है। कभी-कभार वो शायद नुकसानदायक साबित हो सकता है, लेकिन ज्यादातर अच्छा ही रहता है। और उनके पास विषय है, लिखने के लिए पूरा आसमान है। और आज सारी दुनिया सिकुड़ कर तो आ गई है आपके हाथ में, एक आई फोन के अन्दर। हम लोग अपने जमाने के बहुत क्रांतिकारी लेखक थे। उस समय, मैने वर्जिनिटी के मिथ पर उपन्यास लिखा था। 'बेघर' पहला उपन्यास था मेरा। बम्बई की दुनिया के ऊपर और वर्जिनिटी के मिथ के ऊपर मैंने लिखा था। अब उसे अड़तालीस साल छपे हो गए, लेकिन अभी भी वो जीवित है। आज लड़कियों के समाज में वर्जिनिटी, मुझे लगता है बहुत ज्यादा वर्चयुअल रही है। जब मैंने यह उपन्यास लिखा तो चीजें धीरे-धीरे बदल रही थी। लेकिन अब विकास को नकार नहीं सकते आप।''

ममता जी ने जैसा कहा, उन्हें पढ़ना बहुत पसंद था। जब मैंने उनसे उनके पसंदीदा लेखक के बारे जानना चाहा, तो उन्होंने कहा, ''सबसे उपर तो प्रेमचंद का ही आता है । प्रेमचंद को पढ़कर आंदोलित हुए और उस उम्र में, जब ग्यारह-बारह साल के थे तब प्रेमचंद की कहानी पढ़ते थे और सोचते थे कि हम ऐसे बनें। नमक का दरोगा, पंच परमेश्वर, कफन, पूस की रात, ये सब कहानियां पढ़ीं तो बहुत आंदोलित हुए। वैसे मुझे जैनेन्द्र जी के उपन्यांस भी अच्छे लगे थे। जब मैंने पढ़े थे, अपने लड़कपन में। उसके बाद मुझे शायद अज्ञेय जी की रचनाएं बहुत अच्छी लगीं। मुझे अज्ञेय

अपनी कथा वस्तु के लिए इतने पसंद नहीं थे, लेकिन अपनी भाषा के लिए बहुत पसंद थे। देखिए कई लेखक होते हैं जिनके कथा तथ्य पसंद आते हैं, प्रेमचंद में कथातत्व बहुत है।

ममता जी स्वभाव की बड़ी ही हंसमुख भी हैं। उनकी तबियत ठीक नहीं थी। लेकिन फिर भी उनकी ऊर्जा उसी तरह थी जैसे किसी नवयुवती की होती है। मैंने जब उनकी इस स्फूर्ति का राज जानना चाहा तो हँसते हुए बोलीं, ''रोज सुबह मैं उठकर वर्षों से पेंसिल लेकर क्रॉसवर्ड करती हूँ। मैंने किसी जमाने में पढ़ा था कि इंदिरा गांधी क्रॉसवर्ड पन्द्रह मिनट में कर लेती हैं। और मैं नहीं कर पाती। मुझे तो काफी देर लग जाती है, कई बार नहीं भी होती है। मैं ये मानती हूँ मनुष्य को अपने दिमाग को सक्रिय रखने के लिए थोड़ा प्रयत्न भी करना चाहिए। मैं गलत चीजों को बर्दाश्त नहीं कर पाती हूँ। मैं कॉलेज में भी ऐसी ही थी, जब मैं नौकरी करती थी। रिंकल, तुम्हें एक बार का एक मजेदार किस्सा बताती हूँ। हुआ ये, एक दिन मेरा मूड ऐसे ही थोड़ा खराब था। मुझे लग रहा था कि किसी को भी मेरी कोई कदर नहीं है। तो सुबह-सुबह मैं उठी और नदी की तरफ चल दी। उस समय रवि (ममता जी के पति) सोये हुए थे। घर के बाकी लोग भी सो रहे थे। मैं आत्महत्या करने चल दी। अब जब मैं नदी के पास पहुँची तो देखा, कि नदी में पानी भी थोड़ा था, गन्दगी भी थी आसपास और किनारे पर वहीं कुछ लोग बैठे हुए थे, जो बड़े ही गंदे से दिख रहे थे। तो मैंने सोचा कि अगर मैं कूद गयी तो ये लोग मुझे निकालेंगे पानी में से और मेरे शरीर को ऐसे गंदे-गंदे हाथों से छुएंगे। पानी भी थोड़ा है, अगर मैं नहीं मरी तो। बस इतना सब कुछ सोचकर मैं घर वापस आ गयी। वापस आयी तो रवि बैठे हुए थे। उन्होंने पूछा कि कहाँ गयीं थीं? तो मैंने कहा, मरने गयी थी। उन्होंने कहा- फिर वापस क्यों आ गयीं? मैंने कहा, पानी बहुत ठंडा था। ये बात मैं आज भी सोचती हूँ, तो हंसी आ जाती है।''

ममता जी से बातचीत का अनुभव सचमुच बहुत मजेदार था। एक समझदार, सुलझी हुई, स्पष्टवादी, व्यवहारकुशल और हंसमुख स्वभाव वाली महिला हैं, ममता जी। जितना अच्छा लिखती हैं, उससे कहीं ज्यादा अच्छा उनका व्यक्तित्व है।

■

# डॉ० कुंवर बेचैन

पुस्तक ''हिंदी के नौ सारथी'' की खोज में, आज मैं जा पहुंची, गाजियाबाद के नेहरू नगर में, ऐसी शख्सियत से मिलने जो संवेदनशील, रचनाधर्मी और बहुत ही शालीन स्वभाव के मालिक हैं। जी हाँ, मैं बात कर रही हूँ, गीत और गजल के बादशाह 'कुंवर बेचैन जी' की। बहुत ही सरल और साधारण व्यक्तित्व के धनी व्यक्ति। बेचैन जी से ये मेरी पहली औपचारिक मुलाकात थी। उनके घर के अंदर प्रवेश करते ही, ऐसा लगा जैसे मैं साहित्य के संसार में आ गयी हूँ। एक बड़ा-सा कमरा, जिसमें अनगिनत पुरस्कारों का जमघट था। मैं ये देखकर चकित थी कि कोई अपने एक जीवन में, इतने सारे सम्मान कैसे प्राप्त कर सकता है? पर शायद ऐसे ही चमत्कार का नाम 'कुंवर बेचैन' है।

डॉ० कुंवर बेचैन का वास्तविक नाम डॉ० कुंवर बहादुर सक्सेना है। उनका जन्म १ जुलाई, १९४२ को उत्तर प्रदेश के उमरी गांव (जिला मुरादाबाद) में हुआ था। इनका बचपन चंदौसी में बीता। बेचैन जी, एम.कॉम, एम.ए (हिंदी) व पीएच.डी. हैं। उन्होंने गाजियाबाद के एम.एम.एच. महाविद्यालय में हिन्दी विभागाध्यक्ष के रूप में अध्यापन किया व रीडर भी रहे। आप हिंदी गजल व गीत के हस्ताक्षर हैं। अपने प्रारंभिक जीवन के बारे में बेचैन जी ने बताया, ''असल में मेरा जो बचपन है वो बहुत ही परेशानियों से बीता। दुर्भाग्य से मैं जब दो महीने का था, तो मेरे पिताश्री नहीं रहे। मेरा जन्म, जिला मुरादाबाद के पास एक गांव, उमरी में हुआ था। जब पिताजी का देहान्त हो गया। उसके बाद हमारे घर में डकैती पड़ गई। सन् १९४२ की बात बता रहा हूं आपको, जब उस समय डकैती पड़ गई, तो मां हमारी डर गई। इसलिए उस गांव को छोड़कर, हमारी दो बड़ी बहनें और मुझे लेकर के अपनी मां के घर आ गई ननिहाल में, मतलब गढ़मुक्तेश्वर, हापुड़ के पास। मेरी बड़ी बहनें थीं, उनकी उम्र करीब चौदह-पन्द्रह साल की थी और मैं दो महीने का था। लेकिन उस गांव में अक्सर बाढ़ आ जाती थी, बहुत परेशानी होती थी। उसके बाद हम मुरादाबाद आ गए, अपनी मौसी के यहां। मुरादाबाद में जाने के बाद, हमारी सबसे बड़ी बहन की शादी तय कर दी। जब बहन की शादी हुई उस समय वो १५ साल की थीं और मैं दो साल का हो चुका था। जब मेरी बहन बिदा हो रही थी, तो गांव का ही कोई व्यक्ति मुझे उठाकर ले गया यानि किडनेप कर लिया। बारातियों ने देखा कि एक बच्चा बाहर खड़ा हुआ था, कोई आदमी लेकर भाग रहा है। तो वो उसके पीछे भाग लिए। सब लोगों से वो घिर गया तो उसने मुझे रेल की पटरी पर पटक दिया। लेकिन उसे पकड़ लिया गया, हमारे मौसा जी ने उसे पुलिस में दे दिया। तो माँ को लगा कि हम लोग सुरक्षित नहीं हैं। माँ ने फटाफट से लड़का देखा, छोटी बहन की शादी, एक चन्दौसी कस्बा है मुरादाबाद में, कर दी। शादी कर दी तो हमारे बहनोई साहब ने हमारी माँ से कहा कि अब आप भी कहां जाओगी हमारी संरक्षिका बनकर के यहीं रह जाईये। चार साल तक हम लोग वहाँ रहे। जब मेरे पढ़ने का नम्बर आया तो गांव में कोई स्कूल नहीं था। तो चन्दौसी के एक प्राईमरी स्कूल में मेरा एडमिशन करा दिया। स्कूल चार मील दूर था, तो थक जाता था। तो चन्दौसी में एक किराये पर मकान लेकर हम शिफ्ट

हो गए। जब कक्षा तीन में आया तो मेरी माँ की भी मृत्यु हो गई। कुछ ऐसा दुर्भाग्य हुआ कि माँ की मृत्यु के दो साल बाद ही मेरी बहन की भी मृत्यु हो गई। जीजाजी और मैं दो ही लोग रह गए। उस समय, मैं नौ साल का था। जीजा जी बहुत अच्छे स्वभाव के थे, उन्होंने शादी नहीं की और उन्होंने अपने बच्चे की तरह मुझे पाला। उस जमाने में बिजली नहीं थी, तो मैं लालटेन उपयोग करता था। ये एक संघर्ष का दौर रहा।

जब मैं आठवीं में पढ़ता था तो मेरा एक दोस्त था। हम दोनों लोग वैसे ही मजाक-मजाक में तुकबंदी करते थे। मैं गा अच्छा लेता था। तो मुझे स्कूल की तरफ से गाने के लिए कंप्टीशन में भेजा गया था। उस जमाने में एक गीत चला करता था, 'इस दिल के टुकड़े हजार हुए कोई यहां गिरा कोई वहाँ गिरा...' वो अच्छा गा लेता था। मैंने स्कूल की तरफ से प्रतिनिधत्व किया, तो टीचर मुझे लेकर गए थे। वहाँ पर मैं माईक के सामने गया, मैंने गाना शुरू कर दिया, 'दिल के टुकड़े हजार हुए कोई यहां गिरा, कोई वहाँ गिरा...।' अब हुआ क्या कि मैं जिन्दगी में पहली बार इतने लोगों के सामने माइक पर गाने गया, तो आगे भूल गया। बार-बार यही कह रहा था, यहां गिरा, कोई वहाँ गिरा...। अब वो जो मेरे टीचर थे गुस्सा हो रहे थे, बाकी खुश हो रहे थे, उनका मिजाज देखने लायक था और मेरा चेहरा देखने लायक था। अब जब मैंने पांच-छः बार ये गा दिया, दिल के टुकड़े हजार हुए कोई यहां गिरा, कोई वहाँ गिरा... तो गुस्से में बोले- अबे इससे आगे भी बढ़ेगा या टुकड़े ही बीनता रहेगा।

नवी दर्जे में, जब मैं दूसरे स्कूल में पहुंचा, तो वहाँ पर जो हमारे क्लास टीचर थे, पं० महेश्वरदास दास शर्मा जी वो गीतकार थे, बहुत अच्छे कवि थे, वे मंचों पर नहीं जाते थे, लेकिन बहुत अच्छा लिखते थे। जब मैंने उनको कविता दी, उन्हें ये शक हुआ कि वो कविता मेरे द्वारा नहीं बनाई गई। उन्होंने पूछा, ये तुमने लिखी है? तो मैंने निगाह झुका कर कहा कि गुरुजी मैंने लिखी है। उन्होंने मुझे स्कूल से एक प्रतियोगिता में भेजा, वहाँ मुझे फर्स्ट प्राइज मिला। महेश्वरदास पंडित जी भी बहुत खुश हुए। धीरे-धीरे ये हुआ कि मैं वहाँ स्कूल के अन्दर पापूलर हो गया। तो एक तरह से, कविताओं के प्रति या गीतों के प्रति मेरा लगाव शुरू हो चुका था। फिर शिक्षा आगे बढ़ती चली गयी। और एम.ए. में, मैंने हिंदी भाषा से टॉप किया था। फिर

१९६५ में मेरी शादी हो गयी और इसी वर्ष मैं गाजियाबाद के एम.एम.एच महाविद्यालय में हिंदी विभाग के प्रवक्ता के पद पर नियुक्त हुआ। और स्कूल से लेकर कॉलेज तक कविताओं का सिलसिला चलता रहा, और मैं कवि बन गया। मैं कुंवर बहादुर सक्सेना से कुंवर बेचैन कैसे बना, ये उस यात्रा की एक प्रकार से भूमिका है।''

बेचैन जी के अब तक, नौ गीत संग्रह, १५ गजल संग्रह, दो कविता संग्रह, एक हाइकु संग्रह, एक दोहा संग्रह, दो उपन्यास, एक सैद्धांतिक पुस्तक गजल का व्याकरण, एक यात्रा वृतांत बादलों का सफर, इत्यादि प्रकाशित हो चुके हैं। सुर संकेत नामक त्रैमासिक पत्रिका का संपादन भी बेचैन जी के द्वारा ही प्रस्तुत होता है। इतना ही नहीं उनकी आवाज में कई ऑडियो कैसेट, सीडी तथा उनके गाने अन्य गायकों की आवाज में भी आ चुके हैं। उनके गीत अनेक टीवी धारावाहिकों तथा हिंदी आर्ट फिल्म "कोख" में भी सुने जा सकते हैं। इंग्लैंड में बनी फिल्म 'भविष्य' में भी बेचैन जी द्वारा लिखे गीत हैं। इसी के साथ में, आप अपने आपको एक सिद्धहस्थ चित्रकार के रूप में भी स्थापित कर चुके हैं। उनके चित्र, कई काव्य कृतियों के आवरण पृष्ठ पर अंकित हैं। और कवि काव्य कृतियों में कविताओं के साथ भी उनके रेखा चित्र देखे जा सकते हैं। आप बहुआयामी कलाओं के प्रतिनिधि हैं। उनकी कला साधना प्रणम्य है। हिंदी भाषा के प्रति अपने दृष्टिकोण को

लेकर बेचैन जी कहते हैं, ''मेरा रुझान शुरुआत से हिंदी की तरफ था। मैं कॉमर्स का छात्र था, लेकिन उसके बावजूद मैंने हिंदी में एम.ए. किया। तो पहले घरों में हिंदी बोली जाती थी। अब समय बदल गया है। अब बहुत सारी चीजें बदल गई हैं। अब मां-बाप कहते हैं बच्चे से कि अंग्रेजी में बात करो। जबकि पहले ऐसा नहीं था। और यह हालात हमारे देश में ही ज्यादा है। मैं विदेश में, एक मेरे परिचित के घर गया था। तो उनका बच्चा जब स्कूल से घर आया तो इंग्लिश में कुछ उसने हेलो किया। तो मां-बाप ने कहा कि बाहर जाओ... बाहर जाओ, अब जब आओ तो, हिंदी में बात करते हुए। यह मानसिकता हमारे देश में जो फैल चुकी है कि अंग्रेजी में ही बात करनी है। यह हिंदी के लिए अच्छी बात नहीं है। अब शहर की तो बात छोड़िए, गांव-गांव तक भी स्कूलों में अंग्रेजी भाषा जा चुकी है। हम आज भी हिंदी से प्यार करते हैं, और हिंदी से प्यार करते थे। लेकिन अब समाज में बहुत परिवर्तन आ चुका है।

कुंवर बेचैन जी मृदुभाषी साथ-साथ, स्पष्टवादी भी हैं। हिंदी के लिए क्या राजनीति भी जिम्मेदार है? जब मैंने उनसे यह प्रश्न किया तो उन्होंने कहा कि, ''हां है, बिल्कुल है। आज जो हमारी राजनीति है, वह वोटों की राजनीति है। हमारे देश के नेताओं को देश के संदर्भ में कोई चिंता नहीं है, उन्हें सिर्फ अपने वोटों से मतलब है। और दूसरा जो जिम्मेदार है, वह है हमारी शिक्षा व्यवस्था। हमारे देश के सरकारी स्कूल आज भी विकसित नहीं हो पाए हैं। तो सबसे पहले जरूरी है कि हम अपने सरकारी स्कूलों का जो स्तर है उसे बढ़ाएं। दूसरा, जो गैर सरकारी स्कूल हैं उनमें भी कहा जाना चाहिए कि भाई, हिंदी बोलने पर जुर्माना ना लगाएं, अंग्रेजी बोलने पर जुर्माना लगाएं। बच्चों को अगर अंग्रेजी सीखना या बोलना जरूरी है, तो ऐसी व्यवस्था भी होनी चाहिए कि वह हिंदी भी बोलें और सीखें। जैसे-आज हमारे प्रधानमंत्री जी हिंदी भाषा में बात करते हैं, कितना अच्छा लगता है। लेकिन सिर्फ एक उनके बात करने से या भाषण देने से बात नहीं बनने वाली। ऊपर के जो सभी लोग हैं, जो हमारे अभिनेता या जो बड़े-बड़े लोग हैं, उन्हें भी अधिक-से-अधिक हिंदी भाषा का प्रयोग करना चाहिए। क्योंकि यह एक झरने की तरह है। ऊपर से झरना गिरता है, तभी नीचे नदी की धारा बनती है। और दूसरा, ऐसे कह सकते हैं यथा राजा तथा प्रजा। तो जब तक

बड़े लोग इस चीज को नहीं अपनाएंगे, तब तक छोटे लोग उसका अनुसरण नहीं करेंगे। क्योंकि यह मानवीय सोच है कि घरों में हम देखें, बड़े लोग जैसा व्यवहार करते हैं, वैसा ही हमारे बच्चे भी करते हैं।''

कुंवर बेचैन जी ने बहुत सारे देशों की यात्राएं की हैं, मॉरीशस, सिंगापुर, इंडोनेशिया, मस्कट, अमेरिका, दुबई, फ्रांस, जर्मनी, ऑस्ट्रेलिया और कीनिया इत्यादि सहित २२ देशों में उन्होंने अपने काव्य पाठ से श्रोताओं को रस विभोर किया है। यूके, सूरीनाम, साउथ अफ्रीका तथा भोपाल में आयोजित विश्व हिंदी सम्मेलनों में भी अपनी भागीदारी से उन्होंने हिंदी उत्थान के संकल्पों को साकार किया है। कुंवर बेचैन जी का यह भी मानना है कि हिंदुस्तान में हिंदी व्यवसाय या हिंदी में रोजगार की भी कोई कमी नहीं है। विदेशों में रह रहे लोगों का भारत के प्रति जो नजरिया है, उस पर वह बताते हैं कि, "मैं उन घरों में गया जो लोग हिन्दुस्तान से करीब ३० साल पहले ४० साल पहले वहाँ जा कर बस चुके हैं। भाषा वहाँ की जो भी हो, लेकिन संस्कृति उन्होंने हिन्दी की ली। वहाँ का माहौल तो सारा अंग्रेजी में है, तो जाहिर-सी बात है उनके बच्चे अंग्रेजी स्कूल में ही पढ़ेंगे। भाषा जो है वो एक संस्कृति होती है। यहाँ मैं बताना चाहूंगा कि सभ्यता और संस्कृति में बहुत अंतर है। सभ्यता होती है- भौगोलिक विकास यानि बाह्य विकास और संस्कृति होती है, गुरु का आदर, परिवारों में सब लोग का मिलके रहना, सामाजिक दायरा, और माता-पिता का आदर इत्यादि आतंरिक विकास। जहाँ भी मैं गया, मैंने उनके बच्चों में कल्चर देखा। हमारी हिन्दी भाषा एक कल्चर है। भले ही उनकी अंग्रेजी भाषा है, लेकिन कल्चर या संस्कृति उनकी हिन्दुस्तानी है। रही बात साहित्य की तो अब के बच्चे वहाँ का साहित्य पढ़ते हैं।''

देश विदेश की लगभग २५० संस्थाओं द्वारा बेचैन जी की काव्य साधना को सम्मानित किया गया है। उत्तर प्रदेश हिंदी संस्थान द्वारा ५०,००० का 'साहित्य भूषण सम्मान', परिवार संस्था मुंबई द्वारा ५१,००० का परिवार पुरस्कार। शोध संस्था द्वारा 'संवेदना सम्मान', भारत के राष्ट्रपति महामहिम 'ज्ञानी जैल सिंह' एवं 'डॉ. शंकर दयाल शर्मा' द्वारा राष्ट्रपति भवन में अभिनंदन। गीत गौरव, गीत पुरुष, भारत श्री, राष्ट्रीय आत्मा पुरस्कार, कबीर पुरस्कार जैसे लगभग ५० पुरस्कारों से विभूषित, कोलकाता की 'विचार मंच' संस्था के सौजन्य से पश्चिम बंगाल के राज्यपाल महामहिम 'श्री केशरी नाथ त्रिपाठी' के कर कमलों से वहाँ की कन्हैया लाल सेठिया सम्मान, आदि प्रमुख है। कोयला मंत्रालय, भारत सरकार ने बेचैन जी को हिंदी सलाहकार समिति का सदस्य मनोनीत कर सम्मान सौंपा है। इतने सारे साहित्यिक सम्मानों से सम्मानित होने वाले बेचैन जी से, जब मैंने पूछा कि हिंदी भाषा के विकास में एक कवि या गीतकार किस तरह से अपना योगदान दे सकता है? तो उन्होंने एक किस्से के साथ शुरुआत की और बताया कि, 'एक बार में रूस गया हुआ था। वहाँ हमारी हिंदी फिल्मों को इतना अधिक पसंद किया जाता है कि मैं आपको बता नहीं सकता। हमारे अभिनेता राज कपूर जी के वहाँ बहुत सारे फैंस हैं। जब मैं वहाँ गया तो लोगों ने फरमाइश की, वह गाना सुनाइए, मेरा जूता है जापानी यह पतलून इंगलिस्तानी...। उसके बाद से जब भी हम वहाँ जाने लगे, तो यह गाना हमें गाना ही पड़ता था। तो इस तरह से आप समझ सकती हैं कि एक गीतकार या एक कवि कैसे अपनी भूमिका अदा कर सकता है? एक गीत का पसंद किए जाने का मतलब है कि हिंदी का गीत लोगों को समझ आ रहा है, लोगों द्वारा पसंद किया जा रहा है। तो मैं यही कहना चाहूंगा कि एक कवि या गीतकार अपनी अच्छी लेखनी द्वारा समाज में हिंदी भाषा के लिए अपना योगदान दे सकता है।''

कुंवर बेचैन जी के गीत बहुत से टीवी धारावाहिकों और फिल्मों में भी लिए गए हैं। उनकी बहुत-सी ऐसी कविताएं हैं, जो बहु प्रचलित हैं जैसे कि नदी।

*नदी बोली समंदर से मैं तेरे पास आई हूं*
*मुझे भी गा मेरे शायर मैं तेरी ही रुबाई हूं*

बेचैन जी से जब मैंने पूछा कि पुरानी फिल्मों के गीत और आज की

फिल्मों के गीतों में क्या अंतर आया है? तो उन्होंने कहा, "पुरानी फिल्मों के गीत आत्माओं के गीत होते थे। उसमें जो संगीत होता था, वह आत्मा का संगीत होता था। आज जो फिल्में बन रही हैं, आज जो गीत, संगीत आ रहा है, वह शरीर का संगीत है, जिन पर लोग शादियों में ठुमके लगाते हैं। आज एक गाना आता है, अगले दिन लोग उसको भूल जाते हैं। जबकि पुराने गीत आज से ५० साल पहले जैसे सुने जाते थे, वह उसी तरह से आज भी सुने जाते हैं। पुराने गीत मन को और आत्मा को सुकून देते हैं।" कुंवर बेचैन जी के दिल के करीब जो कविता है, वो है–

*जितनी दूर नयन से सपना, जितनी दूर अधर से हँसना*
*बिछुए जितनी दूर कुँआरे पाँव से, उतनी दूर पिया तू मेरे गाँव से*

इसी कविता से उन्हें सबसे पहले ख्याति प्राप्त हुई थी। आज भी जब वो कवि सम्मेलनों में जाते हैं, तो प्रशंसक इस कविता को उनके मुख मंडल से सुनना बहुत पसंद करते हैं।

कुंवर बेचैन जी हिंदी भाषा के भविष्य को लेकर आशावादी नजर आते हैं। यहां तक कि हिंदी भाषा में आजकल जो तकनीकों का इस्तेमाल किया जा रहा है या जो सोशल मीडिया आया है, उसे लेकर भी उनके सकारात्मक विचार ही हैं। उनका कहना है कि, 'इंटरनेट से कविता और भाषा को प्रचार–प्रसार मिला है। हिंदी भाषा जो पहले कंप्यूटर पर रोमन लिपि में लिखी जा रही थी, अब देवनागरी में प्रयोग की जाने लगी है। हिंदी भाषा की 'कविता–कोश' वेबसाइट की वजह से दूर–सुदूर लोग कविताएं पढ़ पाते हैं। और हमारे काव्य की समुन्नत धरोहर नई पीढ़ी तक पहुंच रही है। हां, हमारे देश में जो छोटे–छोटे कदम, हमें उठाने चाहिए, वह नहीं उठाये जा रहे हैं। मैं सरकार से और लोगों से यह गुजारिश करना चाहता हूं कि सबसे पहले तो अगर कुछ कर सकते हैं तो अपने हस्ताक्षर हिंदी में कीजिए। क्योंकि यह सबसे आसान तरीका है। दूसरा ट्रेन में, अपने घर में, हिंदी अखबार, हिंदी पत्रिकाओं को मंगवाइये। अपने बच्चों को बोलिए कि हिंदी भाषा के पत्र पत्रिकाएं पढ़ें। बाजारों में दुकानों के बोर्ड हिंदी में लिखे हुए होने चाहिए। ये सभी छोटे–छोटे प्रयास हैं, लेकिन ये सार्थक हैं। क्योंकि मेरा मानना है, बदलाव एक दिन में नहीं आता, उसके लिए हमें निरंतर प्रयास करना पड़ता है।"

बेचैन जी के साहित्य पर विभिन्न विश्वविद्यालयों से २२ शोधार्थियों ने शोध कार्य पूर्ण कर लिए हैं जैसे- कुमार विश्वास, धनंजय सिंह, प्रवीण शुक्ला इत्यादि, और कुछ कर भी रहे हैं। यही नहीं, वरन बेचैन जी की कविताएं विभिन्न विश्वविद्यालयों तथा विभिन्न राज्यों के शिक्षा बोर्ड एवं विदेशी स्कूलों के पाठ्यक्रमों में भी संचयित हैं। बेचैन जी ने एक बहुत लंबी जीवन यात्रा तय की है। अपनी यात्रा के बारे में वह बताते हैं कि, "मेरी जीवन यात्रा संघर्ष से भरी थी। व्यक्तिगत जीवन यात्रा, एक व्यक्ति की जो अपनी जीवन यात्रा होती है, वह बहुत संघर्ष में रही। बचपन संकटों में बीता। मां बाप का साया नहीं रहा, परिवार नहीं रहा, भौतिक साधन बिल्कुल नहीं थे। उसके बाद यौवन आया, यौवन का भी अपना एक स्वरुप होता है, तो वह भी कब आया और कब चला गया पता ही नहीं चला। अब वृद्धावस्था है, तो बेटी शादी करके अपने घर चली गई और बेटा ऑस्ट्रेलिया में सैटल हो गया। तो आज मैं और मेरी पत्नी दोनों ही यहां पर अकेले रहते हैं। मेरी साहित्यिक यात्रा बहुत अच्छी और बहुत सुखद रही। देश विदेश के विभिन्न विद्यालयों और कॉलेजों में मेरी रचनाएं पाठ्यक्रम में शामिल हैं। मेरठ विश्वविद्यालय के कैंपस के कोर्स में, रोहिलखंड विश्वविद्यालय में बी.ए. में, महाराष्ट्र बोर्ड में इंटर कॉलेज में, गुजरात बोर्ड में हाईस्कूल के पाठ्यक्रमों में, मेरी कविताएं शामिल हैं। महाराष्ट्र बोर्ड में बच्चों को पढ़ाया जाता है, वह गीत लगभग ३६ से ३७ साल पहले 'कादंबिनी' नामक पत्रिका में प्रथम पुरस्कृत हुआ था। इस गीत के बोल थे-

*जिसे बनाया वृद्ध पिता के श्रम जल ने,*
*दादी की हसली ने, मां की पायल ने*
*उसके घर की सच्ची दीवारों पर,*
*मेरी टाई टांगने से कतराती है*

बहुत से सम्मानों से सम्मानित हो चुका हूँ। मैं यही कहूंगा कि जीवन यात्रा की सच्ची साहित्य की यात्रा पर कविता के विकास के लिए किए गए अपने कार्य से मैं संतुष्ट हूँ। हां, आगे भी बहुत कुछ करने की इच्छा रखता हूँ।"

बेचैन जी से बहुत सारी बातें हुई। उन्हीं बातों में जब मैंने पूछा कि आप किन्हें पढ़ना या सुनना पसंद करते हैं? और आने वाली युवा पीढ़ी को आप

क्या संदेश देना चाहेंगे? बेचैन जी ने बड़ी सहजता और सरलता से कहा, ''जहां तक मेरी पसंद का सवाल है, मुझे मंच पर गोपाल दास नीरज को सुनना पसंद है। और भवानी प्रसाद मिश्र, जानकी वल्लभ शास्त्री जी को मैं पढ़ना पसंद करता हूँ। कविवर भारत भूषण और किशन सरोज भी मुझे बहुत पसंद हैं। आने वाली युवा पीढ़ी से सिर्फ यही कहना चाहूंगा कि मैं सकारात्मक सोच का व्यक्ति हूं, जैसा कि आपने देख लिया मेरी पूरी अब तक की जो बातें हुई हैं। उसमें तो मैं कहूंगा कि सकारात्मक बनो सबसे पहले। अपने कामों को वरीयता दें। अपनी क्षमता की पहचान करें कि कौन-सी विधा उनके लिए सही है। दूसरा, अपने जीवन में प्राथमिकता तय करें। एक प्राथमिकता तय करना सबसे जरूरी है। जिंदगी को वास्तविक नजरिए से देखें। आजकल के युवक-युवतियां सिनेमा का अनुकरण करते हैं जो कि गलत है। सिनेमा तो काल्पनिक है। वह हमारे सामने काल्पनिक चीजों को रखता है, यथार्थ में चीजें कुछ और होती हैं। तो बस यही कहूंगा अच्छा सोचो, अच्छा करो, अच्छा लिखो।''

बहुत साफगोई से बेचैन जी अपनी बात रखते हैं, एक विचारधारा रखते हैं, चाहे वह समाज के बारे में हो, राजनीति के बारे में या फिर साहित्य के बारे में। साहित्य, हिंदी भाषा और राजनीति पर हमने बहुत सारी बातें कीं। समाज पर या समाज की समस्याओं के विषय में उनके विचार जानने के लिए मैंने उनसे पूछा कि आज समाज में महिलाओं की क्या स्थिति है? इस बारे में आप क्या कहना चाहते हैं? तो उन्होंने कहा कि, ''आज महिलाएं बहुत आगे बढ़ रही हैं। हर क्षेत्र में तरक्की कर रही हैं। बल्कि कुछ ऐसे क्षेत्र थे, जिनमें पहले महिलाएं नहीं जाती थीं। आज उन क्षेत्रों में भी वह कमाल कर रही हैं। जैसे अभी वह जो लड़की है मैरीकॉम, वह जीत कर आई, तो यह देख कर बहुत अच्छा लगता है। लेकिन इसके साथ ही दुखद बात यह है कि आज महिलाएं समाज में सुरक्षित नहीं हैं। उनके साथ अपराध दिनों-दिन बढ़ते जा रहे हैं। और इसके लिए मैं पुरुष समाज को और कानून व्यवस्था को जिम्मेदार मानता हूं। महिलाओं की सुरक्षा की जिम्मेदारी हम पुरुषों की है और हमारी कानून व्यवस्था की है। हमें महिलाओं को यह एहसास दिलाना चाहिए कि वह समाज में सुरक्षित हैं। इस तरह के कानून बनाने चाहिए कि महिलाएं स्वच्छंद रूप से कार्य कर सकें। और यह तभी

हो सकेगा जब हम अपने समाज को शिक्षित करेंगे और घर में अपने बच्चों को संस्कार देंगे। घर में जो पुरुष हैं जब वह अपनी जिम्मेदारी समझने लगेंगे तो धीरे-धीरे समाज में परिवर्तन आना शुरू हो जाएगा।''

बेचैन जी से जब मैं मिलने गई थी तो उनसे सिर्फ 1 घंटे का टाइम मिला था। उन्होंने कहा था ''रिंकल, कल जल्दी आ जाना, मुझे एक शादी में भी जाना है'', लेकिन जब बातचीत का सिलसिला शुरू हुआ तो पूरे ढ़ाई घंटे तक चला। समय का तो जैसे ख्याल ही नहीं रहा। उनके घर के अंदर बहुत ही शांत और पवित्र-सा वातावरण था। इसके साथ ही जो प्यार और स्नेह था, वह भी भरपूर था। सवाल जवाब सब खत्म हो चुके थे, बहुत देर भी हो चुकी थी। तो समय अलविदा कहने का आ गया था। जब मैं वहाँ से जाने लगी तो बेचैन जी ने अपनी दो पुस्तकें 'प्रतीक पांचाली' और 'गीतों के कुंवर- कुंवर बेचैन' मुझे उपहार स्वरूप भेंट कीं। उन्होंने और उनकी पत्नी, दोनों ने ही प्यार और आशीर्वाद दिया। दोनों का एक माता-पिता वाला स्वरूप मुझे देखने को मिला। मैं जाने लगी तो बेचैन जी बोले, ''रिंकल, रुको, कुछ खाने का सामान साथ में लेती जाओ, तुम्हें दूर जाना है, रात भी हो चुकी है, भूख लगी होगी।'' सच में इतना अपनापन, यह बताने के लिए काफी है कि कुंवर बेचैन जी, जितने बड़े कवि और गीतकार हैं, जितने बड़े विद्वान और समाज चिंतक हैं, उतना ही बड़ा उनका दिल है। वह दिल जो दूसरों के लिए प्रेम और स्नेह से लबालब भरा हुआ है। मैं सच में अपना सौभाग्य मानती हूं कि ऐसे विद्वान के साथ समय बिताने का मुझे अवसर प्राप्त हुआ। बेचैन जी के साथ यह मुलाकात शायद मैं जिंदगी भर ना भूल पाऊं। चलते-चलते उन्होंने एक बात कही, जो दिल में घर कर गयी, उन्होंने कहा, ''कुंवर बेचैन वह है जो कुंवर भी है और बेचैन भी है। और दूसरा, क्योंकि यह पुस्तक तुम हिंदी भाषा के लिए लिख रही हो तो मैं कहना चाहूंगा कि 'हिंदी हमारे घर का दरवाजा है, खिड़की नहीं है, और अंग्रेजी हमारे घर की खिड़की है, दरवाजा नहीं है।'' कम शब्दों में इतनी बड़ी बात तो कोई बड़ा गीतकार ही कह सकता है।

■

# अरुण जैमिनी

"हिंदी के नौ सारथी" की खोज में, आज मैं पहुंची थी, दिल्ली के सरस्वती विहार इलाके में। जहां पर देश के जाने-माने हास्य कवि श्री अरुण जेमिनी जी रहते हैं। अरुण जैमिनी एक बेहद हँसमुख, बेहद अच्छे इंसान, निश्चल मुस्कान, चेहरे पर विद्वता की आभा, आंखों में अनुभवों की संपदा समेटे एक भला-सा नाम है, जो हास्य कविताओं को एक अलग पहचान देता है, एक ऐसा नाम जो कवि सम्मेलनों की शोभा बढ़ाता है। जहां अरुण जेमिनी जी होते हैं, वहाँ उदासी का नामोनिशान नहीं रहता।

अरुण जैमिनी जी का जन्म २२ अप्रैल, सन् १९५९ को हुआ था। इनके पिता श्री हरियाणवी जैमिनी, हिंदी हास्य-काव्य के सशक्त हस्ताक्षर हैं। तो ऐसा कहा जा सकता है कि अरुण जी को कविता विरासत में प्राप्त

हुई है। अरुण जी की विधिवत शिक्षा दिल्ली में ही हुई है। उन्होंने दिल्ली विश्वविद्यालय से एम.ए. किया है। अपने जीवन के शुरुआती दिनों के बारे में बात करते हुए अरुण जी बताते हैं, ''मैं आठवीं क्लास में था जब मेरी पहली कविता छप गयी थी, दरियागंज में स्कूल था और वहीं पराग पत्रिका, जो बच्चों के लिए निकलती थी, का ऑफिस था। उसके सम्पादक थे- कन्हैया लाल नंदन जी। एक बार स्कूल जाते समय एक कविता मैं वहाँ दे आया, और वो छप गयी तो गलतफहमी हो गयी कि मैं कवि हूँ, फिर मैं लिखता रहा, कवितायें छपती रहीं, उसके बाद दैनिक हिन्दुस्तान, नवभारत, साप्ताहिक हिन्दुस्तान, धर्मयुग आदि इनमें कवितायें भेजता रहा और वो छपती रहीं। कभी वापस भी आ जाती थीं। मेरे जीवन में कभी कोई संघर्ष नहीं रहा सच में, पढ़ाई करी तो कभी फेल नहीं हुआ और ऐसा भी नहीं कि कभी टॉप किया हो, तो संघर्षविहीन मामला रहा है पूरा-का-पूरा।'' और ये कहकर अरुण जी हँस पड़े।

अरुण जी की बहुत सी कृतियां- धर्मयुग, साप्ताहिक हिन्दुस्तान, माधुरी, पराग, दैनिक हिन्दुस्तान, जनसत्ता, नवभारत टाइम्स, नवभारत सांध्य टाइम्स, राजस्थान पत्रिका, सहारा समय, अहा! जिंदगी, आदि पत्र-पत्रिकाओं में रचनाएँ प्रकाशित हुईं। अरुण जी के पिता चूँकि एक बहुत बड़े जाने-माने कवि थे, तो उनका कवि जगत में आना स्वाभाविक-सा ही लगता है। इस बारे में अरुण जी बड़े ही चुटीले अंदाज में कहते हैं, ''घर का वातावरण तो ठीक था ही नहीं। तभी तो कविता लिखनी शुरू की, लेकिन यही करना है ये कभी नहीं सोचा था। कविताएं लिखते थे, छपती थीं, कवि सम्मलेन में जाने की तो हिम्मत होती नहीं थी, एम.ए. तक तो मैं कवि सम्मेलन में नहीं गया, सिर्फ कवितायें लिखीं, लेख लिखा और वो छप गए, इसमें ही खुश था।''

अरुण जी ने कवि सम्मेलनों के साथ-साथ टेलीविजन के विभिन्न चैनलों के लिए भी कार्य किया है। जैसे- दूरदर्शन से प्रसारित 'धरती का आंचल' के २६ एपिसोड्स का संचालन। एनईपीसी से प्रसारित 'हँसगोला' के २६ एपिसोड्स का संचालन। जी टी.वी. से प्रसारित 'दरअसल' के १३ एपिसोड्स का संचालन। दूरदर्शन मैट्रो से प्रसारित 'ताल-बेताल' के १३ एपिसोड्स का संचालन। जी इंडिया से प्रसारित 'यही है पॉलिटिक्स' के १० एपिसोड्स

का संचालन। अनेक टी.वी. कार्यक्रमों का पटकथा-लेखन। अनेक टी.वी. सीरियलों के लिए गीत-लेखन भी किया।

अपनी हास्य कविताओं में हरियाणवी लहजे की वजह से अरुण जी को अत्यधिक प्रशंसा प्राप्त हुई। हरियाणवी भाषा पर जो उनकी पकड़ है, वो शायद ही किसी और कवि की हो। लेकिन इसके साथ-साथ, हिंदी भाषा के प्रति भी उनका बहुत लगाव है। वो हिंदी का बहुत सम्मान करते हैं। हिंदी भाषा के बारे में बात करते हुए उन्होंने कहा, "हिंदी हमारी मात्रभाषा है, तो उसके प्रति आदर भाव होना स्वाभाविक है। हिन्दी एक वैज्ञानिक भाषा है, क्योंकि जैसी लिखी जाती है, वैसे ही पढ़ी जाती है, और जैसी पढ़ी जाती है, वैसी ही लिखी जाती है। जैसे अंग्रेजी में कुछ अक्षर साइलेंट हो जाते हैं, अरे भाई अगर साइलेंट ही होना था तो वो अक्षर था ही क्यों? लेकिन हिन्दी भाषा में तो उसकी बिन्दी भी बोलती है। अगर बिन्दी लगी है तो उसका उच्चारण होगा ही।"

अरुण जी के घर का वातावरण बहुत साधारण और प्रेम से परिपूर्ण था। मैं अरुण जी और उनके दोस्त चिराग जी हम तीनों ही हॉल में बैठे थे। तभी अरुण जी की पत्नी चाय-नाश्ता लेकर आ गयीं। उनके घर में ऐसा नहीं लग रहा था कि मैं यहाँ पहली बार आयी हूँ। चाय पीते-पीते जब मैंने अरुण जी से पूछा कि हिंदी की स्थिति, क्या आज से २५-३० साल पहले भी ऐसी ही थी? और आने वाले समय में आप हिंदी भाषा को कहाँ पाते हैं? तो उन्होंने बेबाक और पूरी ईमानदारी से कहा, "सच कहूँ तो खराब ही थी। एम.ए. करने के बाद मैंने जर्नलिज्म में डिप्लोमा किया, तो उसके बाद जब मैंने नौकरी माँगी तो मिली कहाँ, हिन्दी वाले को नौकरी नहीं मिलती थी, पहले भी और आज भी। अगर अखबार में भी आप जाओगे तो पहले आपकी अंग्रेजी देखी जाती है कि वो कैसी है? हिन्दी अखबार वाले भी अनुवादक माँगते हैं, हिंदी में सोचने वाले को नहीं। उस समय तो यही स्थिति थी, मुझे नहीं लगता अभी भी कुछ खास फर्क है। हिन्दी में रोजगार तब भी सीमित था, और आज भी सीमित है। और आने वाले २५ सालों में क्या होगा? ये कहना तो बहुत मुश्किल है। क्योंकि हालात जब आज ऐसे हैं तो भविष्य में तो और भी खराब हो सकते हैं, क्योंकि अब हिंदी का चलन कम हो रहा है और अंग्रेजी का प्रभुत्व बढ़ रहा है। जिसकी सबसे

बड़ी वजह जो मुझे दिखाई देती है, हिन्दी को हमने बाजार की भाषा तो बना दिया, लेकिन व्यवहार और नौकरी की भाषा नहीं बना पाए, जो सबसे ज्यादा जरूरी है।'

अरुण जी अपनी कविताओं में समाज के हर मुद्दे पर व्यंग्य करने से नहीं चूकते हैं। फिर चाहे समाज की कुरीति हो या फिर राजनीति। हास्य कविताओं के जरिये वो बड़ी से बड़ी बात बहुत ही आसानी से कह जाते हैं। जब मैंने उनसे पूछा कि हिन्दी भाषा हिन्दुस्तान में ही विकसित नहीं हो पा रही है, इसके लिए आप राजनीती को कितना जिम्मेदार मानते हैं? तो अरुण जी ने बड़े ही स्पष्ट शब्दों में कहा, ''राजनीती तो जिम्मेदार है ही, क्योंकि हिन्दी भाषी के लिए नौकरी नहीं है। बड़े-बड़े नेता हिंदी में भाषण देते हैं, क्या इन सबसे हिन्दी का विकास होगा? हिन्दी में सिर्फ भाषण देने भर से हिन्दी का विकास नहीं होगा। अब तो स्कूल, कॉलेज में हिन्दी पढ़ानी ही बंद कर दी है, तो हिंदी का विकास कैसे होगा? आप ये देखो, हिंदी के लिए बड़ी-बड़ी बातें होती हैं, लेकिन जब हिंदी में नौकरी नहीं है, स्कूल कॉलेज में हिन्दी में पढ़ाई बन्द है तो हिंदी का विकास कैसे होगा?''

क्या आपको लगता है कि अगर राजनीति चाहे तो हिंदी की स्वीकार्यता देश में हो सकती है? ''बिलकुल हो सकती है। राजनीती चाहे तो क्या नहीं कर सकती। राजनीती अगर हिंदी भाषा को रोजगार से जोड़ देगी, तो भाषा अपने आप समृद्ध होती चली जायेगी।''

अरुण जी को बहुत से सम्मान जैसे- सन् १९९६ में राष्ट्रपति डॉ. शंकर दयाल शर्मा द्वारा सम्मानित। सन् १९९९ में 'काका हाथरसी हास्य-रत्न' सम्मान से सम्मानित। सन् २००० में 'ओम् प्रकाश आदित्य सम्मान' से सम्मानित। सन् २००२ में प्रधानमंत्री अटल बिहारी वाजपेयी द्वारा सम्मानित। दिल्ली सरकार की हिंदी अकादमी द्वारा सन् २००४ के 'काका हाथरसी सम्मान' से सम्मानित। सन् २००५ के 'टेपा सम्मान' से सम्मानित। साथ ही तारों सम्मान, ठहाका सम्मान, अट्टहास सम्मान, मुस्कान सम्मान तथा हरियाणा गौरव सम्मान से भी सम्मानित किया गया। हिन्दी की सेवा करने को तत्पर रहने वाले अरुण जैमिनी को इस बात का भी दुःख है कि हमारे अपने देश में भी हिंदी भाषा को वो सम्मान नहीं मिला, जो उसको मिलना चाहिए। इसके लिए उनका सोचना है, "स्वतंत्रता के बाद भी हिंदी महज एक राज भाषा ही बनकर रह गयी है। हिंदी राष्ट्र की भाषा होनी चाहिए, हिंदी को राज भाषा से राष्ट्र भाषा बनाने के लिए हमें ठोस कदम उठाने चाहिए। जैसे- हिन्दी को हर क्षेत्र में अनिवार्य करना चाहिए। गैर हिन्दी भाषी राज्यों में भी हिंदी को आवश्यक बनायें, तभी तो हिन्दी का विकास होगा। हिन्दी हिन्दुस्तान में सबसे ज्यादा बोली और पढ़ी जाने वाली भाषा है। सब जगह उसका विकास होगा, तभी राष्ट्रभाषा बन पाएगी। राज भाषा से हिंदी को राष्ट्र की भाषा बनाना है तो मेहनत तो करनी पड़ेगी।"

अरुण जी की बात सुनकर मैंने सहसा उनसे पूछ ही लिया कि हिन्दी को राष्ट्र की भाषा बनाने में आपको संभावनाएं ज्यादा लगती हैं या आशंकाएँ? कहीं ऐसा तो नहीं की डोर छूट चुकी है और बहुत देर हो चुकी है?

अरुण जी का सोचना है, "आशंकाएँ ही ज्यादा लगती हैं, अगर कुछ करने की नीयत होती तो कुछ ना कुछ तो किया होता अभी तक तमाम सरकारों ने। कुछ हुआ थोड़े ही है अभी तक। बल्कि धीरे-धीरे हिंदी भाषी प्रदेशों से भी हिंदी खत्म की जा रही है, यही सबसे बड़ा कष्ट है और यही स्थिति है।" हिंदी भाषा में तकनीक के आने का जिक्र अरुण जी ने अपनी कविता में कुछ इस तरह किया,

*मैंने सोचा-*
*जरा पुराने युग को वापिस लाया जाये*
*अब के प्रेम पत्र*

*थ्रू कबूतर भिजवाया जाये।*
*मैंने कबूतर के पंजे में चिट्ठी अटकाई और उसे ये बात समझाई-*
*'ये तो याद नहीं*
*ये कौन से प्यार की कौन सी चिट्ठी है*
*पर तू यहां से पांच गलियां छोड़ कर*
*छठी गली में जाना*
*गुलाबी छत वाली गुलाबी सी लड़की*
*नीलू की मम्मी को ये चिट्ठी दे आना।'*
*कबूतर बोला-*
*'हे आदिकालीन युग के देवदास*
*इस जमाने में भी चिट्ठियों से आस।*
*अब मैं*
*ऐसी फालतू उड़ान नहीं भरता हूँ*
*मैं खुद अपनी कबूतरी को*
*व्हाट्सएप करता हूँ...।'*

अरुण जी द्वारा लिखा हास्य-व्यंग्य कविताओं का एक संग्रह 'फिलहाल इतना ही', के अनेक संस्करण प्रकाशित हुए हैं । इतना ही नहीं उन्होंने भारत के कोने-कोने में तथा संयुक्त राज्य अमरीका, थाईलैंड, हांगकांग, इंडोनेशिया, ओमान, चीन, ऑस्ट्रेलिया, दुबई, नेपाल, सिंगापुर आदि देशों में समय-समय पर आयोजित कवि सम्मेलनों में अपनी कविताओं से लोगों को हँसने पर मजबूर किया है। मैंने पूछा- आप विदेशों में इतनी यात्राएँ करते हैं, क्या वहाँ जाकर कभी ऐसा लगता है कि वहाँ के लोग हिंदी भाषा को ज्यादा तबज्जो दे रहे हैं या हिंदी साहित्य को पढ़ रहे हैं या हिंदी सिर्फ हास-परिहास की भाषा ही बन कर रह गयी है? अरुण जी ने बताया, ''देखिये, जो पुराने लोग वहाँ गए हैं वो तो हिंदी जानते हैं, नए लोग तो हिन्दी जानते ही नहीं। असल में हिन्दी तो विदेशों में, हिंदी फिल्मों और टीवी सीरियल ने बचा रखी है, जिनकी वजह से वहाँ बच्चों को थोड़ी बहुत हिंदी आती है वरना तो वहाँ बच्चों को हिन्दी आती ही नहीं। मैं हाँगकाँग गया तो अपनी किताबें ले गया कि चलो किताबों का प्रचार करेंगे, किताबें बेचेंगे, लेकिन विश्वास

मानिये, मुश्किल से दो किताबें ही बिकी। कारण क्या था? बस यही कि वो हिंदी पढ़ना जानते ही नहीं थे, सुन लेते हैं, समझ लेते हैं लेकिन पढ़ना नहीं जानते। लेकिन एक फर्क है हमारे देश और विदेशों में कि हमारे देश में लेखकों को, कवियों को वो सम्मान नहीं मिल पाता जो विदेश में उनके लेखकों को मिलता है। सिर्फ लेखन के बल पर हमारे यहाँ तो घर चलाना बहुत मुश्किल है। जबकि, विदेशों में ऐसा नहीं है। वहाँ लेखन के बल पर सब काम चल जाता है। एक बार कुँवर बैचैन जी रशिया गए, उन्होंने बताया कि मेरी १० पुस्तकें प्रकाशित हो चुकी हैं, तो वहाँ के लेखकों को लगा कि ये तो बहुत बड़ा आदमी होगा। क्योंकि वहाँ एक किताब छपने का मतलब है कि कई किताबें बिकी होंगीं, रॉयल्टी आई होगी, बहुत पैसा मिला होगा लेकिन उनको यहाँ की जमीनी हकीकत नहीं पता कि रॉयल्टी के नाम पर प्रकाशक कुछ नहीं देते।''

आजकल हमारे देश में हिन्दी के विकास को लेकर बहुत से आन्दोलन हो रहे हैं जैसे कि हिन्दी में हस्ताक्षर या फिर दुकानों के नाम या साईन बोर्ड्स पर हिन्दी में नाम होने चाहिए आदि। भरसक प्रयास किया जा रहा है कि हिंदी राष्ट्रभाषा बन सके। इस पर अरुण जी का भी मानना है, ''सबसे अच्छा कदम और पहला कदम तो हिंदी में हस्ताक्षर करना ही है, इसके लिए किसी पर दबाब डालने की जरूरत नहीं, ये तो हर कोई स्वाभाविक

रूप से स्वयं कर सकता है, अगर करना चाहे तो। दुकानों के नाम या साईन बोर्ड्स पर हिन्दी में नाम के लिए तो किसी दूसरे पर दबाब डालना होगा, लेकिन हस्ताक्षर हिंदी में करने का फैसला स्वयं अपने लिए लिया जा सकता है, और मेरे विचार में जो अपनी भाषा में हस्ताक्षर नहीं कर सकता वो अपनी भाषा के लिए और कुछ क्या कर सकता है। और दूसरा ये आंदोलनकारी- लेखक या हम कवि, निश्चित तौर पर ये कर सकते हैं। जैसे जो हिंदी कवि सम्मलेन होते हैं वो असल में हिन्दी के प्रति जागरूकता भी पैदा करते हैं, आज भी लाखों लोग कवि सम्मेलन सुनने आते हैं, वो असल में हिंदी के कारण ही आते हैं, हिंदी और उर्दू इन दो भाषाओं में ही कवि सम्मेलन और मुशायरों का प्रचलन है, तो इस सबसे भाषा मजबूत तो होती है, इसमें कोई शक तो नहीं हैं।'' हिंदी साहित्य पर अरुण जी ने अपनी एक कविता सुनाई :-

*कवी जी ने*
*अपना नाम*
*हिंदी-साहित्य में*
*लाने के लिए*
*अच्छा-सा उपाय खोज लिया*
*लड़की का नाम 'हिंदी'*
*और लड़के का नाम*
*'साहित्य' रख दिया*

वर्तमान समय में हिंदी भाषा को बचने में सबसे बड़ा योगदान हमारी हिंदी फिल्मों का माना जाता है। हमारी हिंदी फिल्मों की वजह से देश विदेशों में लोग हिन्दी जानते हैं, लेकिन फिल्मों में जो हिन्दी भाषा उपयोग हो रही है वो असल हिंदी भाषा नहीं है, उसमें कुछ फूहड़ता भी झलकती है कभी-कभी, वो शुद्ध हिन्दी भाषा नहीं है। फिल्मों और हिंदी भाषा के आपसी सम्बन्ध पर अरुण जी कहते हैं, ''आपकी बात से सहमत हूँ, हिन्दी फिल्मों की भाषा बहुत खतरनाक है। लेकिन इसमें हम बहुत कुछ नहीं कर सकते, इसमें सेंसर बोर्ड और फिल्मी लेखकों को अपनी जिम्मेदारी का अहसास होना जरूरी है। मैं आपको कवि सम्मेलन की खासियत बताता

हूँ, एक कवि सम्मेलन पहाड़गंज नई दिल्ली में हो रहा था, सच्चा किस्सा है ये, कवि सम्मेलन के बाद एक श्रोता आया और बोला, आई डोंट नो हिंदी (मैं हिंदी नहीं जानता) बट मार्वेलस प्रोग्राम (लेकिन बहुत बढ़िया प्रोग्राम)। जब मैंने कारण सोचा तो पाया कि ये जो हास्य है, उसमें आदमी अपने बगल में बैठे आदमी को देख कर भी हँस पड़ता है। जैसे आपको अंग्रेजी नहीं आती हो लेकिन आप अंग्रेजी फिल्म देखने जाओ तो जब आस-पास बैठे लोग हँसते हैं तो आपको भी हँसी आ जायेगी, ये स्वाभाविक है। ये जो हँसी है, बहुत महत्त्वपूर्ण है, इस हँसी ने ही पहाड़गंज के उस श्रोता को प्रेरित किया। उसने मुझे बताया कि वो श्रीलंका से है, उसको हिन्दी का एक शब्द भी नहीं आता था, लेकिन जब आस-पास के लोग हँस रहे थे तो उसको अच्छा लग रहा था। तो चाहे वो फिल्में हों या कवि सम्मेलन, हम सभी की ये जिम्मेदारी बनती है कि भाषा की गरिमा को बनाये रखते हुए, हास्य को लोगों के सामने प्रस्तुत करें। जिससे अधिक से अधिक लोग हिंदी भाषा का प्रयोग करें, उसकी तरफ आकर्षित हों।'' ये हिन्दी भाषा से प्रेम करने के समान है।

अरुण जी के साथ यूँ ही बातचीत चल रही थी। बाहर हल्की-हल्की बारिश भी शुरू हो चुकी थी। अरुण जी ने पूछा कि एक चाय और लोगी? मैंने 'हाँ' में जवाब दे दिया। उन्हें और चिराग जी को एक शादी में जाना था, समय कम, लेकिन फिर भी उनके चेहरे पर कोई जल्दबाजी नहीं थी। वो बड़े ही इत्मीनान से बात कर रहे थे। तभी उन्होंने एक किस्सा सुनाया- ''दिल्ली आईआईटी में कवि सम्मेलन था, वहाँ श्रोता में एक फौजी था। वह बोला कि मैं भी कविता पढूंगा। तो हमने कहा ठीक है भाई, पढ़ लो। मैं संचालन कर रहा था, तो मैंने उसको आमंत्रित किया। तो वह मंच पर लेफ्ट-राइट, लेफ्ट-राइट करता हुआ आया और आकर उसने सेल्यूट किया। और फिर माइक पर बोला, 'जवान कविता शुरू करेगा। जवान कविता शुरू कर।' यह कहकर उसने कविता शुरू करी, लोगों ने 2 मिनट 3 मिनट तो बर्दाश्त किया। अब क्योंकि असल में कविता में कुछ बात तो थी नहीं। और आईआईटी के बच्चे इंटेलिजेंट तो होते ही हैं, इसमें कोई शक नहीं। जब ज्यादा हो गया तो पीछे से एक आवाज आई, 'जवान पीछे मुड़ेगा, पीछे मुड़, और अब जवान वापस जायेगा।' यह जो हूट करने का तरीका था, बहुत

ही जबरदस्त था। और आईआईटी में ही संभव था। आज भी, जब भी यह सोचता हूँ, तो हंसी आ जाती है।''

मैं और चिराग जी भी किस्सा सुनकर ठहाका लगा के हंस पड़े। और हंसी-ठठ्ठों के बीच जब मैंने अरुण जी से पूछा, क्या अभी ऐसा हुआ है कि आप और आपके पिताजी के बीच किसी कविता या विचार को लेकर कोई मतभेद उत्पन्न हुआ हो? अब तक के इस सफर को किस तरह से बयाँ करेंगे? तो उन्होंने अपने मजाकिया अंदाज में कहा, ''सौभाग्य से अभी तक तो नहीं हुआ कभी ऐसा। असल में, उनकी कवितायें अलग तरीके की हैं और मेरी कवितायें अलग तरीके की। इसलिए कभी ऐसा हुआ नहीं, लोगों के दिमाग में हो, कभी मुझे ऐसा नहीं लगा। हाँ, पिता होते हुए भी उन्होंने तो नहीं कहा लेकिन मैं ही कह देता हूं कभी-कभी कुछ शिकायत। अब तक का सफर भी बहुत अच्छा रहा। ३८ साल हो गए मुझे कवि सम्मेलनों में, बहुत अनुभव होते हैं, यात्रा हुई, मुलाकात हुई, बहुत प्यार मिलता है। हंसते हुए चेहरे मिलते हैं, उनको देखकर जो खुशी मिलती है उससे बढ़िया क्या होगा जिंदगी में? सबसे ज्यादा खुशी तब होती है जब आप कुछ कह रहे होते हैं और सामने लोग हंस रहे होते हैं, अलग ही नशा होता है इसका, जो शायद शब्दों में बयां करना मुश्किल है।"

एक कवि की दृष्टि से, अरुण जी, आज के समाज में महिलाओं की स्थिति के बारे में भी गंभीर सोच रखते हैं। आज हमारे समाज में एक तरफ तो महिलाएं तरक्की करती जा रही हैं, और दूसरी तरफ कई सारे दुखद किस्से जैसे कि बलात्कार, उत्पीड़न आदि घटित हो रहे हैं। उनका भी मानना है कि यह बहुत कष्टदायक स्थिति है, पुरुष मानसिकता इसके लिए सबसे ज्यादा दोषी है। जब तक पुरुष अपनी मानसिकता नहीं बदलेगा तब तक महिलाओं का विकास सही ढंग से नहीं हो पाएगा, इसमें कोई शक नहीं है। जो पुरुष प्रधान मानसिकता हमारे देश में ही चल रही है बहुत खतरनाक है। लेकिन इस चिंता के साथ ही वो मजाकिया अंदाज में कहते हैं कि, ''आजकल जो रुमी टू चल रहा है, उसमें एक भी कवि का नाम नहीं आया और दुआ करता हूं कि आये भी नहीं। लेकिन दुर्भाग्य देखिये, इसमें भी कवि को कोई नहीं पूछ रहा।'' अरुण जी की चुटीली बातें ही बरबस हंसने को मजबूर कर देती हैं।

अरुण जी को श्री राम शुक्ल की 'राग दरबारी' पढ़ना बहुत पसंद है। उनका कहना है, "उस किताब को आप कभी भी पढ़ लो, हमेशा ही आनंद आता है। मैं तो नयी युवा पीढ़ी से भी कहना चाहूँगा कि सबसे पहले तो अच्छे लेखकों को पढ़ना बहुत जरूरी है। आप जिस रस में लिखते हैं, उस रस के कवियों को जरूर पढ़ें, तभी आप कोशिश कर पाएंगे कि उनसे बेहतर कुछ बात करें... अगर आप लिखेंगे, वो भी बिना पढ़े हुए और खुद में ही मगन हो जाएंगे कि मैंने बहुत खूब लिख दिया तो फिर उसका तो कोई इलाज नहीं है इस गलतफहमी से निकलना होगा।"

अरुण जैमिनी जी के साथ एक बेहतरीन बातचीत, हल्के-फुल्के माहौल में, कब पूरी हुई पता ही नहीं चला। चलते समय अरुण जी के पिता 'जेमिनी हरियाणवी' जी का भी आशीर्वाद प्राप्त हुआ। एक ही घर में दो अनमोल रत्न रहते हैं, दोनों ही कविता जगत की धरोहर हैं।

■

# अरुण महेश्वरी

अरुण महेश्वरी, वाणी प्रकाशन के प्रबंध निदेशक और वाणी फाउंडेशन के अध्यक्ष हैं। वह एक व्यापक ग्लोब ट्रॉटर हैं और बीस से अधिक देशों में हिंदी साहित्य का प्रदर्शन किया है। साहित्य और भारत-स्वीडिश और इंडो-नॉर्वेजियन साहित्यिक अनुवादों के क्षेत्र में उनके योगदान के लिए उन्हें राष्ट्रीय पुस्तकालय, स्वीडन और नॉर्वे के राजदूत ने भारत के सम्मान के पद से सम्मानित किया गया है। उन्हें २००८ में फेडरेशन ऑफ इंडियन पब्लिशर्स द्वारा स्थापित विशिष्ट प्रकाशक पुरस्कार से सम्मानित किया गया है। और टीएमएम, नागपुर विश्वविद्यालय में अध्ययन बोर्ड के एक प्रतिष्ठित सदस्य हैं। वह भारत के राष्ट्रीय अकादमी, साहित्य अकादमी के सामान्य निकाय के लिए भारतीय प्रकाशन बिरादरी के निर्वाचित प्रतिनिधि हैं। इसके अलावा,

वह हिंदी माध्यम कार्यान्वयन निदेशालय, दिल्ली विश्वविद्यालय के मनोनीत सदस्य हैं। वाणी फाउंडेशन के अध्यक्ष के रूप में, उन्होंने हिंदी अनुवाद और साहित्य के लिए समर्पित साहित्य उत्सव, भारतीय अनुवाद बिरादरी और 'हिंदी महोत्सव' के असंगत नायकों का जश्न मनाने के लिए भारत के पहले वाणी विशिष्ट अनुवादक पुरस्कार को संस्थागत बनाया है।

वाणी प्रकाशन की स्थापना स्व. डॉ. प्रेमचंद महेश (पीएच.डी., मेरठ विश्वविद्यालय), एक शिक्षाविद, शिक्षक, लेखक और प्रकाशक के द्वारा की गई थी। उनका ये सपना, उनकी पत्नी शिरोमणि देवी और बाद में उनके बेटे अरुण महेश्वरी (एम.ए. हिंदी साहित्य, दिल्ली विश्वविद्यालय) और बहू अमेता महेश्वरी (बी.कॉम, उस्मानिया विश्वविद्यालय) ने आगे बढ़ाया था। अब परिवार की तीसरी पीढ़ी, अदिति महेश्वरी के साथ, विरासत आगे बढ़ रही है। जीवन के पुराने दिनों को याद करते हुए अरुण माहेश्वरी जी बताते है, ''वाणी प्रकाशन की शुरुआत से हमें यह फायदा हुआ कि वाणी प्रकाशन में आते-जाते साहित्यकारों को देखते हुए, किताबों को देखते हुए, हमें साहित्य के बारे में बहुत जानकारी हो गई। सिर्फ किताबों से ही नहीं बल्कि पूरे साहित्यिक वातावरण से हम परिचित होते चले गए। यह सब हमें विरासत में मिला। मेरे पिताजी, जो कि एक अध्यापक थे, हिंदी भाषा के प्रति समर्पित थे, एक अच्छे लेखक भी थे, वाणी प्रकाशन की शुरुआत किसी व्यावसायिक रूप के लिए नहीं बल्कि हिंदी भाषा की सेवा करने के लिए शुरू की थी। वाणी प्रकाशन का नाम, 'माँ सरस्वती' की वीणा के नाम पर रखा गया। शुरुआत में दक्षिण भारतीय लेखकों के प्रति वाणी प्रकाशन समर्पित रहा और आज भी उस परंपरा को हम बनाए रखे हुए हैं। मेरे पिताजी दक्षिण भारत के कई शहरों में जाया करते थे। वहाँ लोगों से बातचीत किया करते थे, लोगों के साथ समूह में साहित्यिक बातचीत हुआ करती थी। यह जमाना १९७० या १९७२ के आसपास का है। बचपन से ही हम काम को देखते आए और समझते आये हैं। इस तरह से यह हमें विरासत में मिला हुआ ज्ञान है, लेकिन जो कार्य को आगे बढ़ाया गया है वो धीरे-धीरे समय के साथ बढ़ा और हम बढ़ते चले गए।''

नई सहस्राब्दी की शुरुआत के बाद से घरेलु पत्रिका 'वाणी संसार' सक्रिय रही है। इसके बाद प्रकाशन ने, 'वाक' के साथ एक और कदम आगे

बढ़ने का फैसला किया। इसको मार्च, २००७ में लाँच किया गया, इसने सभी संभावित रिकॉर्ड तोड़ दिए हैं, क्योंकि यह पहली साहित्यिक पत्रिका बन गयी है, जो कि दो महीनों के भीतर ओयू प्रतियों की बिक्री को पार कर गया है। प्रो. सुधीश पचौरी के संपादन के तहत, ''वाक'' सभी नए परिप्रेक्ष्य में हिंदी भाषा और साहित्य के कई पहलुओं का पता लगाने के लिए तैयार है। प्रकाशन की प्रगति पर प्रकाश डालते हुए माहेश्वरी जी ने बताया, ''प्रकाशन के द्वारा हर साल करीबन ३०० किताबें आती हैं। पहले थोड़ी कम होती थीं, लेकिन अब नयी तकनीक से काम जल्दी होने लगा है। इसीलिए अब ज्यादा किताबें छपने लगी हैं। लेकिन कंटेंट या व्याकरण में थोड़ी गिरावट आने लगी है क्योंकि हिंदी व्याकरण को जानने वाले लोग बहुत कम हैं। प्रूफ रीडिंग एक मैनुअल काम है। अंग्रेजी में तो कंप्यूटर प्रूफ रीडिंग कर लेते हैं, लेकिन हिंदी में नहीं कर पाते हैं, क्योंकि यहां व्याकरण और विशेषण और क्रिया, संज्ञा आदि की वजह से कुछ परेशानी होती है। हिंदी व्याकरण की जानकारी रखने वालों का पूरे देश में अकाल पड़ता जा रहा है। जो लोग पढ़ रहे हैं, वो शब्द ज्ञान से काम चला रहे हैं ना कि व्याकरण ज्ञान से"।

वाणी प्रकाशन ५५ वर्षों से ३२ साहित्य की नवीनतम विधाओं से भी अधिक में, बेहतरीन हिन्दी साहित्य का प्रकाशन कर रहा है। वाणी प्रकाशन

ने प्रिंट, इलेक्ट्रॉनिक और ऑडियो प्रारूप में ६,००० से अधिक पुस्तकें प्रकाशित की हैं। वाणी प्रकाशन ने देश के तीन लाख से भी अधिक गाँव, २,८०० कस्बे, ५४ मुख्य नगर और १२ मुख्य ऑनलाइन बुक स्टोर में अपनी उपस्थिति दर्ज करवाई है। वाणी प्रकाशन द्वारा हर साल नए लेखकों को भी अवसर दिया जाता है। अरुण जी कहते हैं कि, ''वाणी प्रकाशन से ४० वर्ष पहले जिन लोगों को हमने प्रकाशित किया था, उन्हें आज भी करते हैं। उस समय ये लोग भी नए ही थे। हमारी यात्रा तब से लेकर आज तक चल रही है। हम आज भी नए युवक या युवतियां, जो अपनी पहली किताब लिखते हैं, उसे छापने में, हमारा विशेष उत्साह होता है। क्योंकि एक कारण तो यह भी है कि हम प्रकाशक हैं और हमारी जिम्मेदारी है कि हम नए लोगों को इंट्रोड्यूस करें। दूसरा, आज की हमारी युवा पीढ़ी के पास बहुत ज्ञान है। लेकिन सबसे बड़ी समस्या आ रही है कि व्यावहारिक ज्ञान बहुत कम है। थोड़ा बहुत लिखने पर ही हमारे युवा समझते हैं कि उन्होंने बहुत कुछ लिखा। इसमें सबसे बड़ा योगदान फेसबुक का है। लोग कहते हैं कि हमें दो चार हजार लाइक ऐसे ही मिल जाते हैं। लेकिन लाइक मिलने और किताब छपने में बहुत बड़ा फर्क है। जब आप कुछ लोगों के समूह में कविता पढ़ते हैं तो लोग वाह-वाह कहते हैं। लेकिन जब किताब खरीदने का नंबर आता है, तो लोग कन्नी काट जाते हैं।''

परिवर्तन ही संसार का नियम है। जिस तरह नए लेखन या नया लेखन आता है, उसी तरह पाठकों की पसंद भी समय के साथ बदलती रहती है। पाठकों की बदलती पसंद पर अरुण जी कहते हैं, ''आज के समय में उपन्यास, कहानी, कविता की बहुत कम मांग हो गई है क्योंकि रीयलिस्टिक और सोशल साइंस जैसे विषयों पर लोगों का ज्यादा फोकस है। इसका एक और कारण शायद ये भी है कि अब जो कंटेंट आता है वो परिपक्व नहीं है। जैसे मैंने कहीं एक कविता पढ़ी थी, 'तुम जब घर से निकलती हो, तो तुम्हारे टिफिनदान से जो खाने की खुशबू आती है, मैं उसके पीछे दौड़ा चला आता हूँ...', अब आप ही बताइये इस कविता में प्रेम की कौन सी पराकाष्ठा दिखाई देगी। इस तरह से साहित्य को नुकसान हो रहा है और नुकसान की भरपाई होना मुश्किल है। पिछले दिनों, आजतक के कार्यक्रम में हमें बुलाया गया था, उनका टॉपिक था, 'कौन दिखता है, कौन बिकता है' इसमें मैंने

जोड़ा, 'कौन लिखता है, कौन बिकता है, लेकिन कौन टिकता है', टिकना जो है वह महत्त्वपूर्ण है, एक प्रक्रिया है"।

वाणी प्रकाशन ने बदलते समय के साथ अपने काम करने के तरीकों को बदलकर, तकनीक से बहुत ही जल्दी सामंजस्य स्थापित किया। आज के समय में प्रकाशन की किताबें डिजिटल हो चुकी हैं। अमेजन और फ्लिपकार्ट जैसी ऑनलाइन साईट्स पर भी बड़ी आसानी से उपलब्ध होती हैं। अरुण जी का मानना है, "जब भी कोई नयी चीज या नयी तकनीक आती है तो उसके बारे में नकारात्मकता पहले परोसी जाती है। जबकि हकीकत ये है कि कंप्यूटर और इंटरनेट आने से काम जल्दी होता है तथा पाठकों तक आसानी से किताबें उपलब्ध हो पाती हैं। वैसे भी जब आंधी आती है तो सबसे पहले कूड़ा-करकट साफ होता है, उसके बाद सृजनात्मकता आती है। परिवर्तन आता है तो उसको स्वीकार करना चाहिए।" समय के साथ चलने और परिवर्तन को स्वीकार करने का ही नतीजा है कि आज वाणी प्रकाशन, भारत के प्रमुख पुस्तकालयों, संयुक्त राष्ट्र अमेरिका, ब्रिटेन और मध्य पूर्व, से भी जुड़ा हुआ है। वाणी प्रकाशन की सूची में, साहित्य अकादमी से पुरस्कृत १८ पुस्तकें और लेखक, हिन्दी में अनूदित नौ नोबेल पुरस्कार विजेता और २४ अन्य प्रमुख पुरस्कृत लेखक और पुस्तकें शामिल हैं।

हिंदी, वर्तमान रूप में, वह भाषा है जो आधुनिक समय में पैदा हुई है और भारतीय विचार और संस्कृति की आधुनिकता के साथ बातचीत का एक माध्यम है। पिछले तीन दशकों में हिंदी भाषा और साहित्य के क्षेत्र में कुछ गंभीर इंजीनियरिंग देखी गई है। इस क्रांति में वाणी प्रकाशन सक्रिय बल रहे हैं और उन्होंने 'हिंदी बूम' में उत्प्रेरक के रूप में योगदान दिया है। हिंदी भाषा में उपलब्ध विश्व साहित्य बनाने की प्रकाशन दृष्टि अब तक सफल रही है। हिंदी भाषा के दृष्टिकोण के सन्दर्भ में अरुण माहेश्वरी के विचार एक दम स्पष्ट हैं। उनके अनुसार, "भाषा हमेशा परिवर्तनशील है। और उस परिवर्तन को स्वीकार करना चाहिए। यदि आप परिवर्तन को स्वीकार नहीं करेंगे, सड़ी-गली भाषा में ही पड़े रहेंगे तो कैसे काम चलेगा। भाषा शुचिता मांगती है, नयापन मानती है। अगर आज हम किसी को भी वही पुराने उपन्यास पढ़ने को कहेंगे तो शायद कोई नहीं पढ़ेगा। लेकिन उसी बात को जब सोशल साइंस के माध्यम से पेश करते हैं, तो लोग उसको पढ़ना पसंद

करते हैं। पहले बच्चे परिकथा पढ़ते थे, लेकिन अब कार्टून देखना पसंद करते हैं। तो भाषा के साथ साहित्य में भी परिवर्तन आया है। अगर समय के साथ कदमताल नहीं करेंगे तो पीछे रह जायेंगे।'' अरुण जी हिंदी में रोजगार की कमी को सही नहीं मानते हैं। उनका कहना है कि आज भी हमारे देश में बहुत से हिंदी के अध्यापक, पत्रकार और अलग-अलग विभागों में लोग हैं। हिंदी रोजगार से ज्यादा, हिंदी जानने वालों की कमी ज्यादा गंभीर समस्या है। वाणी प्रकाशन में आज भी कम-से-कम ७५-८० लोगों का स्टाफ काम करता है। लेकिन फिर भी अच्छे प्रूफ रीडर या एडिटर की समस्या बनी रहती है, क्योंकि हिंदी भाषा के सही जानकर उपलब्ध नहीं है।

अरुण जी हिंदी भाषा के प्रति बड़ी सकारात्मक सोच रखते हैं। वो कहते हैं, ''ऐसा कौन-सा व्यक्ति हिंदुस्तान में है, जो हिंदी भाषा नहीं जानता। यह राष्ट्रभाषा है, जो राष्ट्र बोले वही राष्ट्रभाषा है। राजनीति की बातें तो मैं ज्यादा नहीं जानता हूँ, मैं हिंदी को सिर्फ मातृ ही नहीं वरन राष्ट्र की भाषा मानता हूँ। हिंदी में शब्द हैं, उन शब्द को यदि कोई नहीं जानना चाहता तो ना जाने। लेकिन बिना हिंदी शब्द ज्ञान के, जब हिंदी फिल्में देखते हैं, हिंदी की पत्र पत्रिकाएं पढ़ते हैं, तो मतलब हिंदी से प्यार है। जरूरत समझने की है। हिंदी में हम दे क्या रहे हैं या क्या परोस रहे हैं समाज के सामने? अगर हम छोटे बच्चों को बड़ी किताब पढ़ाना चाहते हैं, तो पढ़ा लें, लेकिन क्या वो उसकी समझ में आएँगी? अब देखिए, हमारे बच्चों का साहित्य खराब होता जा रहा है, उन्हें ऐसा पढ़ाया जा रहा है जो उनकी समझ से बाहर है। पिज्जा के जमाने में अगर पिज्जा ही दो, तो बच्चा खायेगा ना। अभी मनोज जी की किताब हमनें छापी थी। एक ही रात में उस किताब की १००० कॉपी बिकी। अमेजॉन की तरफ से बधाई-पत्र आने लगे। तो आप उसे क्या कहेंगे? आम आदमी के लिए फिल्म बनती है, ४००-५०० करोड़ का बिजनेस करती है, तो वो हिंदी की पिक्चर ही है। निर्देशक जानते हैं, वह अपने समय का बेस्ट दिखाते हैं। किताब से हमें मानसिक शांति मिले, आराम मिले, ऐसी किताबें पढ़ी जाती हैं। आत्मा को सुरक्षित रखते हुए काम करना चाहिए। अपनी भाषा कभी खत्म नहीं हो सकती है।''

अरुण जी भारतीय भाषा की बिगड़ती स्थिति और साहित्य के विकसित न होने के लिए अगर किसी को जिम्मेदार मानते हैं तो वो हैं, सरकारी नीतियां और बाजार की अव्यवस्था। वो कहते हैं, ''हमारे पास डिस्ट्रीब्यूटर

नहीं हैं। हम खुद ही डिस्ट्रीब्यूटर हैं, हम खुद ही एडिटर हैं, हम खुद ही अपने एजेंट हैं। सब काम खुद ही कर रहे हैं। बाजार में कुछ व्यवस्था नहीं है। और इसके पीछे बहुत से कारण है कि वह व्यवस्था क्यों नहीं है। व्यवस्था इसलिए नहीं है क्योंकि संगठित रूप से हमारे पास एक दल या संगठन नहीं है। हमारे पास जो हमारे बुक सेलर होते हैं, वह कम पूंजी वाले लोग हैं, उनके पास पूँजी ही नहीं है कि वह बाजार में अपनी पकड़ बना सके। हिंदी में जितने बड़े-बड़े पब्लिशर हैं, सब हिंदी में हाथ आजमा चुके हैं। सब के पास विदेशी पैसा अरबों रुपए में है। उन्होंने हमारे यहाँ के बाजार में हाथ आजमाए, फेल हो गए, कारण सीधा-साधा चूँकि यह बाजार, असंगठित बाजार है। उन लोगों की पद्धति कुछ और है और हमारी पद्धति कुछ और है। हम बाजार को व्यक्ति की तरह से देखते हैं, वो बाजार को संगठन की तरह देखते हैं। विदेशी पूंजी उनके पास है, हमारे पास नहीं है। लेकिन फिर भी, किसी भी तरह हम लोग काम करते हैं क्योंकि हम हिंदी के प्रति समर्पित हैं और उन संकटों से जूझने के लिए हममें आत्मविश्वास है।

३ मई, २०१७ को नयी दिल्ली के विज्ञान भवन में '६४वें राष्ट्रीय फिल्म पुरस्कार समारोह' में भारत के तत्कालीन राष्ट्रपति श्री प्रणव मुखर्जी के कर-कमलों द्वारा 'स्वर्ण-कमल-२०१६' पुरस्कार प्रकाशक वाणी प्रकाशन को प्रदान किया गया। भारतीय परिदृश्य में प्रकाशन जगत की बदलती हुई जरूरतों को ध्यान में रखते हुए वाणी प्रकाशन ने राजधानी के प्रमुख पुस्तक केन्द्र 'ऑक्सफोर्ड बुकस्टोर' के साथ सहयोग कर 'लेखक से मिलिये' कई महत्त्वपूर्ण कार्यक्रम-श्रृंखला का आयोजन किया और वर्ष २०१४ से 'हिन्दी महोत्सव' का आयोजन सम्पन्न करता आ रहा है। देश ही नहीं अपितु विदेशों

में भी वाणी प्रकाशन को सराहा गया है। हालाँकि विदेशों में हमारी हिंदी किताबों की मांग बहुत नहीं है। और अगर मांग उत्पन्न हो भी जाये तो बड़ी समस्या है कि संगठन नहीं है। अगर वहाँ से कोई एक किताब मंगवाना चाहे, तो ४००-५०० की किताब उसे १०००-१२०० की पड़ेगी। लेकिन अगर वहाँ हमारा कोई डिस्ट्रीब्यूटर होता जो एक किताब का पूरा स्लॉट लेता, जिससे वो किताब उनको ५००-६०० में ही मिल जाती। हमारा जो यह क्षेत्र है, यह असंगठित है। यही हमारी सबसे बड़ी कमजोरी है। और इसके लिए जिम्मेदार सरकार को ही ठहराया जायेगा। सरकार, प्रकाशन के विरोधी हैं। वह ऐसी पॉलिसीज बना रही हैं कि जो प्राइवेट प्रकाशन है, उनसे किताबें ना खरीदी जाए। सरकार के ऑर्डर आ चुके हैं कि एनबीटी या एनसीईआरटी की किताबें ही खरीदी जाएं। सरकारी नीतियां, हमेशा प्रकाशक के विरुद्ध रही हैं, और इस तरह के काम करती रही हैं। लेकिन फिर भी वाणी प्रकाशन जैसे प्रकाशक लगातार अपना काम करते रहते हैं।

अरुण जी से जब मैंने पूछा कि आपके प्रकाशन द्वारा छपी हुई पुस्तकों में से आपके दिल के सबसे करीब कौन-सी है? तो उन्होंने बड़े ही कलात्मक ढंग से उत्तर दिया। उन्होंने कहा, "प्रकाशक के तौर पर बहुत सारी रचनाएं हैं, जो बड़ी प्यारी हैं लेकिन जो सबसे कमजोर किताबें हैं, वही मुझे सबसे ज्यादा प्यारी हैं। देखिये मेरे परिवार में हम चार लोग हैं, लेकिन प्रकाशन में ४००० किताबें है, तो यह सब मेरा परिवार ही है ना। एक-एक किताब, एक बच्चे की तरह पैदा होती है। बच्चे पैदा होने में नौ महीने लगते हैं, इसमें १० महीने लगते हैं। देखिए, सब हमें ही करना पड़ता है- कवर बनाना पड़ता है, टाइटल डिजाइन करना पड़ता है, हर एक चीज को हम देखते हैं, तो एक तरह से यह हमारे बच्चों की तरह हैं। क्योंकि सारी किताबें मेरे बच्चों की तरह हैं, तो मैं जानता हूँ कि जो अच्छी हैं वह तो बिक ही जाएगीं और जो कमजोर हैं, उसे मैं चाहता हूँ कि लोग पढ़ें, क्योंकि मैं जानता हूँ कि मेरा कंटेंट अच्छा है। मैं तो नवोदित प्रकाशकों को भी यही कहना चाहूँगा कि बहुत जरूरी है स्वच्छता का ध्यान रखें, नई बात करें, नए शब्दों में कहें और सबसे जरूरी, अलग सोच को लेकर आएं।

वाणी प्रकाशन के आदर्श वाक्य- 'ताकी शबद गवाही दे रहे राहेन' (शब्दों को गवाह बनने दें) ने अपने सामाजिक-राजनीतिक और महत्त्वपूर्ण प्रकाशनों

के माध्यम से सामाजिक चेतना में आंदोलनों की व्याख्या की है। इनके पाठकों और पूरे समूह को, प्रकाशन के योगदान को आगे बढ़ाने के लिए, प्रतिष्ठित सेंटर फॉर स्टडीज ऑफ डेवलपिंग सोसाइटीज [सीएसडीएस], नई दिल्ली और इंडियन इंस्टीट्यूट ऑफ एडवांस्ड स्टडीज, शिमला, भारत से जुड़े होने पर गर्व महसूस होता है। आधा शताब्दी की अवधि में, प्रकाशन ने एक मंच के रूप में बदलाव किया है जहां बहुतायत संस्कृति और भाषा एकजुट हो गई है।

बहुत कम लोग जानते हैं कि वाणी प्रकाशन का हस्ताक्षर प्रारूप, कलाकार 'मकबूल फिदा हुसैन' द्वारा बनाया गया है।

अपनी अब तक की जीवन यात्रा के बारे में अरुण माहेश्वरी जी का कहना है कि मेरे जीवन में जो मेरे लेखक, मेरे दोस्त, मेरे हमदम, मेरे साथ रहे, मैं उन सबके साथ बहुत खुश रहा। देखिये, कष्ट तो जीवन में रोज आते हैं और दूर हो जाते हैं। ये कोई बड़ी बात नहीं है। लेकिन जो मेरे साथ मेरे दोस्त रहे या जिन बड़े विद्वानों के साथ में घूमता रहा, वही मेरा सबसे बड़ा सुख और आनंद था। उनकी स्मृतियां मुझे सुख देती हैं और मैं कम-से-कम उनके साथ तो अतीत में ही रहता हूँ। एक इतिहास को बनने में एक युग लग जाता है। हर चीज धीरे-धीरे इतिहास होती है। तो इतिहास में क्या अच्छा था या क्या अच्छा नहीं था? वह धीरे-धीरे आपको पता लगता है। और उसको धीरे-धीरे ही समझना चाहिए। मैं तो हर दिन, हर पल आनंद में रहता हूँ। मैं हर चीज आनंद के रूप में देखता हूँ। ये जो किताबें आप के साथ हैं ना, ये आपको खुद आनंद में ले जाती हैं। जब तक आप खुद आनंदित ना हो, तब तक आप एक अच्छी किताब नहीं छाप सकते। मैंने जो किया अच्छा किया, जो कर रहा हूँ वह भी अच्छा कर रहा हूँ, और जो करूंगा वह भी अच्छा करूंगा। अरुण जी की ये बात मेरे मष्तिष्क में भगवद्गीता के सार की तरह धारा प्रवाह रूप में उतरती चली गयीं, और अपनी अमिट छाप छोड़ गयी।

अरुण माहेश्वरी जी वाकई सकारात्मकता से भरपूर, सुलझे हुए इंसान हैं। वो अपने काम को ही परमानन्द समझते हैं। अरुण जी से बात करना, उनके अनुभवों को सुनना और उनके सकारात्मक विचारों को समझना, एक बहुत ही सुखद अनुभव जैसा है। अरुण जी एक ऐसा व्यक्तित्व है, जो समाज को नई सीख देता है और एक असीमित ऊर्जा से ओत-प्रोत करता है।

■

# मीरा जौहरी

"हिंदी के नौ सारथी" की खोज में, आज मैं चल पड़ी थी पुरानी दिल्ली के कश्मीरी गेट इलाके की तरफ, जहां मदरसा रोड पर स्थित है- "राजपाल एंड संस" का कार्यालय। राजपाल एंड संस, एक ऐसा नाम है जिससे हर कोई वाकिफ है। एक ऐसा प्रकाशन जहाँ से ना जाने कितने ही बड़े-बड़े लेखकों और कवियों की रचनाएं प्रकाशित की गई हैं। एक ऐसा प्रकाशन जिसमें पुस्तकों के विभिन्न रूपों और क्षेत्रों में जैसे- स्कूल की किताबें, बच्चों की किताबें, कॉलेज की किताबें, सामान्य किताबें, भक्ति और आध्यात्मिक किताबें, अत्यधिक विशिष्ट क्षेत्र से संबंधित किताबें जैसे चिकित्सा और इंजीनियरिंग के लिए अत्यधिक प्रशंसित उपन्यास और कहानी पुस्तकें प्रकाशित की जाती हैं। आज मेरी मुलाकात होने वाली थी मीरा जी

से जो कि राजपाल एंड संस की संचालक हैं। एक ऐसी शख्सियत जो अपने आप में बेमिसाल हैं। मीरा जी से मिलने मैं तय समय पर पहुँच चुकी थी। उनके कार्यालय में रिसेप्शन के पास ही एक सोफा पड़ा हुआ था। मैं वहीं बैठकर उनका इंतजार करने लगी। उस समय शायद वो किसी काम में व्यस्त थीं। उनके दफ्तर का एक कर्मचारी मेरे पास आया और उसने मुझे कार्यालय के अंदर एक कमरे में बैठने को कहा और वो चला गया। कमरे के अंदर बहुत सी किताबें रखी हुई थीं। मेरी नजर सबसे ऊपर रखी किताब पर गयी, जो हमारे पूर्व राष्ट्रपति स्व. श्री एपीजे अब्दुल कलाम आजाद जी द्वारा लिखी हुई 'फोर्ज योर फ्यूचर' थी। मैं उस पुस्तक के पन्ने पलटकर देख ही रही थी कि मीरा जी ने कमरे में प्रवेश किया। उन्होंने मेरे हाथ में पुस्तक देख कर बताया कि "ये कलाम जी की आखिरी पुस्तक है। मेरा उनके साथ बड़ा गहरा लगाव था। जब भी उनसे मिलने जाती थी तो दिन के आखिर का समय होता था ताकि फुर्सत से बातचीत हो सके। बहुत ही महान शख्सियत थे कलाम जी।" कुछ पल के लिए लगा कि वो पुरानी यादों में खो गयीं।

मीरा जी का जन्म और उनकी शिक्षा-दीक्षा दिल्ली में ही संपन्न हुई। दिल्ली विश्विद्यालय से एम.बी.ए. करने के बाद उन्होंने अपना स्वयं का कंसल्टेंसी का बिजनेस शुरू किया। लेकिन अपने पिता की इच्छा के लिए उन्होंने अपने पारिवारिक व्यवसाय यानि पब्लिकेशन को समय देना शुरू किया। और जीवन में ऐसी परिस्थिति भी सामने आयी, जब दोनों में से किसी एक को चुनना था, तो उन्होंने पब्लिकेशन को चुना।

मीरा जी से मेरी बातचीत राजपाल पब्लिकेशन से ही शुरू हुई। उन्होंने बताया कि 'राजपाल एण्ड संस' की स्थापना तो १९१२ में लाहौर में हुई थी। जब हमारा देश विभाजित नहीं हुआ था। उस समय मेरे दादाजी इसको चलाते थे और उस समय वे चार भाषाओं में प्रकाशन करते थे, हिन्दी, अंग्रेजी, गुरमुखी और उर्दू। आरंभिक दिनों में काफी हद तक धार्मिक पुस्तकों का प्रकाशन अधिक था। लेकिन मेरे दादाजी का काफी कम उम्र में ही निधन को गया था। तो फिर मेरे पिताजी जो कि उस समय कॉलेज में ही पढ़ रहे थे, उन्होंने काम को संभालना शुरू किया। फिर दुर्भाग्यवश १९४७ में जब विभाजन हुआ तो जाहिर है कि सब उथल-पुथल हो गया। और जैसा कि मेरे पिताजी बताते थे कि उस दौरान, वैसे ही सब काम-धंधा छोड़ के भागना पड़ा। विभाजन के बाद हम लाहौर से दिल्ली आ गये। दिल्ली में हमारे कुछ पुराने वाकिफ लोग थे, जिन्होंने मेरे पिताजी की मदद की। उनको यहाँ जगह दिलवायी ताकि प्रकाशन को दोबारा स्थापित किया जाये। हालाँकि नाम तो वही चला लेकिन बंटवारे के कारण सारा स्टॉक वहीं रह गया था। तो एक तरह से आप ये मानकर चलिए कि काम तो फिर से नए सिरे से ही शुरू करना पड़ा। और तभी साहित्य के प्रति झुकाव हुआ और फिर मैं ये सोचती हूं कि १९६० तक आते-आते 'राजपाल एण्ड संस' फिर से एक बहुत जाना माना नाम हो गया था। और फिर हमारे यहाँ से हरीवंश राय बच्चन, महादेवी वर्मा, अज्ञेय, सुमित्रा नन्दन पंत, दिनकर इत्यादि जितने भी बड़े नाम थे, सब प्रकाशित होने लग गए थे। ६०-७० तक फिर से अच्छे से प्रकाशन स्थापित हो गया था। और तब से आज तक चला आ रहा है। जो शुरुआत के संघर्ष के दिन थे, वो मैंने नहीं जिए या यूँ कहिये कि मैंने नहीं अनुभव किये। वो अधिकतर मेरे पिताजी ने किये, क्योंकि उन्होंने विभाजन देखा और फिर नये सिरे से दुबारा काम शुरू किया। जैसे मेरे पिताजी बताते थे कि विभाजन से पहले, वहाँ लाहौर में उन्होंने अपनी खुद की गाड़ी भी खरीद ली थी। लेकिन बंटवारे के कारण उन्हें एयरपोर्ट पर ही गाड़ी छोड़ कर आना पड़ा था। एक दुकान थी अनारकली बाजार में, जिसमें बहुत-सी किताबों का स्टॉक था। वो सब वैसे ही छोड़ के आ गए थे।''

राजपाल पब्लिकेशन तो जब यहां भारत में आये तो उन्होंने दोबारा से शुरुआत की थी। लेकिन उस समय सारा काम हिन्दी भाषा तक ही सीमित

हो गया। राजपाल एण्ड संस का ही एक और हिस्सा था- 'हिंद पॉकेट बुक्स।' कुछ समय बाद एक और कंपनी चलाई, 'इण्डिया बुक कंपनी', उसमें अंग्रेजी भाषा में भी प्रकाशन किया करते थे। दोनों ब्रांडस, हिंद पाकेट बुक्स और राजपाल एण्ड संस क्योंकि ये एक ही संयुक्त परिवार था, तो दोनों ने मिलकर बहुत नया काम किया। उस समय अंग्रेजी बहुत कम हो गई थी, उर्दू ना के बराबर थी, क्योंकि हिन्दी का हिंदुस्तान में ज्यादा दबदबा था। गांधी जी का भी यही कहना था कि हिन्दी में काम करो। हिंदी भाषा के सन्दर्भ में मीरा जी ने बताया कि, "जब मैं भी बड़ी हो रही थी, तो हिन्दी को लेकर या भाषाओं को लेकर देश में बहुत ज्यादा दंगे होते थे। १९५६ में सरकार ने हिन्दी को राज्य भाषा का एक दर्जा दिया तो उसके तहत सरकार से कुछ सहयोग या सपोर्ट मिलने लगा। पब्लिक सेक्टर में नेहरू जी ने कहा कि सभी का ये दायित्व है हिन्दी को सपोर्ट करो। लेकिन असल में कोई भी भाषा तभी पनप सकती है, जब वो आम बोलचाल की भाषा बने और रोजगार की भाषा बने। हिन्दी को राजभाषा का दर्जा देने के बावजूद ये कहीं भी रोजगार की भाषा नहीं बन पायी है। इसके लिए प्रयत्न तो किया सरकार ने, सेन्ट्रल हिन्दी डायरेक्ट्रेट भी किया, अपने नये शब्द भी गढ़े, लेकिन जब तक आप शिक्षा में भी हिन्दी को माध्यम नहीं बनायेंगे तो आने वाली पीढ़ियां उससे परिचित नहीं होंगी। उस भाषा को आने वाली पीढ़ियां अपनायेंगे नहीं। हमारे देश में एक विभाजन है- एक गर्वेमेंट स्कूल और एक प्राईवेट स्कूल। प्राईवेट स्कूलों में आप देश में कहीं भी चले जाओ, शिक्षा का माध्यम है- अंग्रेजी। हिन्दी सिर्फ एक विषय है। और जो सरकारी स्कूल में पढ़ते हैं, वो भी आज चाहते हैं कि अंग्रेजी सीख जायें, क्योकि सोच ये है कि अंग्रेजी सीख जायेंगे, तो नौकरियां मिल जायेंगी जबकि ऐसा नहीं है। अंग्रेजी में भी तब तक आप सक्षम नहीं हो, जब तक आपकी भाषा पर पकड़ नहीं हो, तब तक आप कुछ नहीं कर सकते हैं। आज हम देखें तो हिंदी में रोजगार के केवल दो ही क्षेत्र हैं- मीडिया और शिक्षा। लेकिन इनमें भी जितने विद्यार्थी अंग्रेजी में आते हैं, उतने हिंदी के नहीं आते हैं।"

तो क्या हिंदी के भविष्य को लेकर चिंतित हैं? "चिंतित तो नहीं हूँ ज्यादा क्योंकि अब जो नया मीडिया आया है। जैसे ह्वाट्सएप मैसेजिंग या फेसबुक। इसमें हिन्दी ही नहीं वरन हमारी सारी भारतीय भाषाओं का

बोलबाला हो रहा है। हिन्दी में एक हैं लिखने वाले और दूसरे हैं उसको समझने और बोलने वाले। उदाहरण के लिए, हिन्दी सिनेमा। जो सिनेमा देखते हैं, वो लोग सुनते हैं, समझते हैं लेकिन पढ़ने में उनको कठिनाई है। इनमें भारतीय भाषाओं का जोर फिर से आ रहा है और क्योंकि इन्होंने टाईपिंग इतनी सुविधाजनक कर दी है कि लोगों को लिखने में भी मजा आ रहा है। भविष्य का तो कहना बड़ा मुश्किल है क्योकि छोटे शहरों जैसे गोरखपुर, पटना, बेगूसराय आदि में भी अब ये चलन हो गया है कि स्कूलों में शिक्षा का माध्यम अंग्रेजी किया जा रहा है। दिल्ली में भी देखें, अब गवर्मेंट ने अंग्रेजी पर ज्यादा फोकस देना शुरू कर दिया है। आप भी सोच सकते हो कि दस पन्द्रह साल बाद हिन्दी के पाठक और कम हो जायेंगे। लेकिन इसके साथ एक पोजेटिव चीज भी है कि जिसे अब कहें हम, ओडियो बुक्स आ रही हैं जो पढ़ने की जरूरत नहीं है। जहां तक प्रकाशन का सवाल है सारा मुद्दा कन्टेंट पे है, आज तक हम कन्टेंट कागज पर छाप के दे रहे थे। लेकिन आज हमारी भी बुक्स ऑनलाईन उपलब्ध हैं।''

मीरा जी हर विषय पर अपनी राय एक दम खुल कर देती हैं। हिंदी के खराब हालत के लिए जब मैंने राजनीतिक पहलू पर बात की, तो उन्होंने बड़े ही स्पष्ट रूप से कहा, "इसको मैं ऐसे कहूंगी जैसे जब हमको

स्वतंत्रता मिली १९४७ में, अगर तब सरकार ये नीति तय कर लेती कि हिन्दी में ही शिक्षा दी जायेगी, तो बहुत कुछ बदल सकता था। दूसरी बात, जब भाषा को लेकर दक्षिण में बहुत दंगे हुए थे, तब इन्होंने जो 'थ्री लैंगवेज फार्मूला' निकाला था, उस पर दृढ़ता से चलते, तो मेरा मानना है कि हिन्दी की स्थिति बहुत-बहुत बेहतर होती। आज स्कूलों में हिन्दी एक विषय बनकर रह गयी है। लेकिन अब इतिहास पर रोने से क्या फायदा। आज अगर हम देखें जो राजनीति में हैं या जो हमारे प्रधानमंत्री हैं, वो हिन्दी बोलते हैं। लेकिन उससे रोजगार तो नहीं है। वहीं हमारा सिनेमा जोकि हिंदी को बहुत सहयोग करता है। वहाँ भी अगर केवल एक अभिनेता 'अमिताभ बच्चन' छोड़ दीजिए, क्योंकि उनको तो हिंदी भाषा का ज्ञान विरासत में मिला है। लेकिन बाकि जितने भी हैं जैसे- शाहरूख खान, सलमान खान, उनको आप बोलिए, जी एक साक्षात्कार करना है हिन्दी में, तो शायद ही कर पायेंगे। तो जिसे कहते हैं हमारे बाहर कुछ और अन्दर कुछ और है। मेरे हिसाब से इतने साल बीत गए अब संभव नहीं है। और अब तो सरकार, जैसे मैंने कहा कि नीतियां अंग्रेजी की तरफ जा रही हैं, क्योंकि आप स्कूलों में देखो क्या हो रहा है। आप भी हर संडे इंग्लिश टीचिंग के लिए वर्कसाप्स कर रहे हैं, मैने सुना है यू०पी० में भी सब स्कूलों में अंग्रेजी शुरुआत से है क्योंकि उनको दिखता है जॉब वहाँ मिलेंगे। लेकिन ये नहीं सोचते, फिर हिन्दी कहां जायेगी?''

बदलते हुए समाज में, बढ़ती हुई तकनीकों के साथ, पिछले कुछ सालों में राजपाल पब्लिकेशन ने अपने आप को नए पर्यावरण के अनुसार अपग्रेड किया है। अपने उपभोक्ताओं की जरूरतों को पूरा करने के लिए एक ऑनलाइन स्टोर खोला ताकि अपने ग्राहकों को एक बटन के क्लिक के साथ ऑर्डर करने और उनके दरवाजे पर उत्पाद वितरित करने में सक्षम बन सकें। मैंने जब मीरा जी से पूछा कि तकनीक आने से, किताबों की बिक्री पर कोई फर्क आया है या ये जो आशंका थी कि तकनीक आने से किताबें खत्म हो जाएँगी, ये बेबुनियाद थी? मीरा जी ने बड़े ही साफगोई से इसका उत्तर दिया। उन्होंने कहा, "जब टेलीविजन आया था इंडिया में, तब भी मीडिया में ये ही बात थी कि टी०वी० आएगा तो किताबें पढ़ना बंद हो जायेगा। टैक्नॉलाजी से हमें फायदा भी हुआ है और कुछ हद तक

थोड़ा-सा नुकसान भी हुआ है। फायदा ये हुआ है कि आज किताबें वहाँ भी पहुंचती हैं जहां पहले नहीं पहुंचती थी। लेकिन आज लैपटॉप, कम्प्यूटर, फोन या ऑन लाईन शॉपिंग के जरिए कोई भी, कहीं भी बैठा हुआ, किताबें मँगवा सकता है। दूसरी चीज, जो किताबें पढ़ने में जिनको कठिनाई है कम-से-कम किताब सुन तो सकता है ना। तो मैं ये कहूंगी कि आपको ये प्लेटफार्म दे रहे हैं। पाठकों की संख्या बढ़ा रहे हैं। हो सकता है कि अगले दस-पन्द्रह सालों में बच्चे स्कूलों में किताब से नहीं, स्क्रीन से पढ़ेंगें जो कि हो ही रहा है। हमारी भी किताबें शायद पेपर के कागज पर कम और इन प्लेटफार्म पर ज्यादा होंगी।''

राजपाल पब्लिकेशन से हर साल अमूमन ५०-६० नई किताबें छापी जातीं हैं और आज भी कम-से-कम ४० से ५० लोग वहाँ काम करके अपनी आजीविका कमाते हैं। पब्लिकेशन बहुत से नये लेखकों को भी ज्यादा से ज्यादा मौका देने की कोशिश करता है। क्योंकि मीरा जी का मानना है कि नयी पौध आयेगी तो नयी ऊर्जा भी आएगी, जो वातावरण को शुद्ध करेगी। लेकिन अपने प्रकाशन द्वारा छापी गयी किताबों में 'अषाढ़ का एक दिन', 'आवारा मसीहा', 'मधुशाला' और 'कुरूक्षेत्र' जैसी किताबों को खास मानती हैं, क्योंकि पिछले ५० साल से लगातार छप रही हैं। दूसरा, उनका सोचना है कि पुस्तक वो ही अच्छी होती जो आप अपने जीवन में उतार सको। वो बताती हैं, ''पाठकों की पसंद में बहुत अंतर आया है समय के साथ। लेकिन प्रेमचंद की माँग हमेशा रहती है। नये लेखक जो छापे हैं, पिछले एक दो साल में अच्छे बिके हैं। प्रोत्साहन मिलता है नये लेखकों को। जो नये लेखक हैं, वो नये विषयों पर लिख रहे हैं। उनके नये अनुभव हैं। क्लासिक्स भी बिकते हैं और नये भी बिकते हैं, शर्त ये है कि लिखा अच्छा हो। जैसे अगर हम घर से बाहर जाते हैं रेस्टोरेंट में अक्सर दाल रोटी खाना पसन्द नहीं करते वो तो हम घर में भी खाते हैं। हां, कभी कभार १० में से एक इंडियन फूड खायेंगे, बाकी टाईम तो हम चेंज चाहते हैं। पाठक हर किस्म का है। हर विधा को पसन्द करता है, लेकिन कुछ कहने लायक हो और अच्छा कहा गया हो।''

मीरा जी जहाँ एक ओर नये लेखकों और पाठकों की पसंद की बात करती हैं, वहीं उनका ये भी मानना है कि आज समाज में किताबों की पहले

जैसी मांग नहीं रही है। जिसके कारण हमारे देश में एक लेखक के लिए अपनी आजीविका चलाना बहुत मुश्किल होता है। क्योंकि मांग होगी, तभी प्रकाशक भी किताब छापेगा। और अगर किताब छपेगी, बिकेगी, तो लेखक को पैसा मिलेगा। बात भी सही है शायद! आज हम लोग मल्टीप्लेक्स में फिल्म देखने जाते हैं तो आराम से २५०-३०० की टिकट खरीद लेते हैं। जो कि आदमी सिर्फ एक ही बार देख सकता है। लेकिन एक किताब जो कि १०० रुपये की है, वो हम नहीं खरीदते, जबकि एक किताब को पूरा घर पढ़ सकता है। और भविष्य में जब भी पढ़ना चाहे, तब उसको निकाल कर पढ़ सकता है। यहाँ हमें अपनी सोच को बदलने की जरूरत है।

एक प्रकाशक के तौर पर अपने कार्यकाल को लेकर भी मीरा जी बहुत उत्साहित नजर आतीं हैं। बीते हुए दिनों को याद करके उन्होंने बताया कि "अमिताभ बच्चन जी, का जन्मदिन उनके घर में मनाया जाता था। कितनी बार होता था कि अमृतलाल नागर, दिनकर जी, शिवमंगल सुमन जी, कमलेश्वर जी या अमृता जी, हमारे घर पर आते थे तो लम्बी-लम्बी बातों का दौर चलता था। ऐसे लोगों से मिलना होता था, जिनके पास न जाने कितने आईडियाज होते थे।'' मीरा जी के अनुसार, ''ये एक ऐसा व्यवसाय है जहाँ आप बहुत ही सुलझे हुए व्यक्तियों से मिलते हो। और कुछ चीजें ऐसी भी हुईं जिन्हे पैसों से नहीं तोला जा सकता जैसे बच्चन जी के मुंह से उनकी कविता सुनना। मुझे किताबें पढ़ने का शौक है तो मुझे अच्छा लगता है, इस दुनिया से जुड़े रहना। ये बहुत ही क्रिएटिव है क्योंकि हर बार आपके लिए कुछ नया करने को होता है। हर बार आप सोचते हो कि इसको कैसे क्रिएटिव किया जाए। एक आईडिया को लेकर आप एक प्रोडक्ट का रूप देते हैं, तो उसमें मुझे बहुत आनन्द आता है।''

मीरा जी आज भी प्रकाशन के कार्यों को उतने ही उत्साह के साथ करती हैं जैसे कोई युवा शुरुआत में करता है। अपने इस उत्साह के लिए वो अपनी विचार शक्ति को श्रेय देती हैं। उनका मानना है, ''जीवन में नकारात्मक या सकारात्मक चीजें तो होती ही रहती हैं। ऐसे अपने दिमाग और अपने आत्मविश्वास को बनाये रखना बहुत जरूरी है। साथ ही हमेशा कुछ नया सीखते रहना भी।'' नवोदित प्रकाशकों के लिए मीरा जी कहती हैं, ''किताबों से प्रेम करो। अगर किताबें पढ़ते हैं, तब ही आप अच्छे

प्रकाशक बन सकते हैं। मेरा तो मानना है कि मेरे केस में तो एक विरासत में मिली हुई है। १०७ साल हो गये हैं, अब 'राजपाल एण्ड संस' के नाम को। नये लोग बहुत स्मार्ट हैं। और मैं सलाह देना चाहूंगी कि आप किताब जरूर पढ़िए।''

पिछले कई दशकों से राजपाल एंड संस, सभी आयु समूहों की जरूरतों को पूरा करता आ रहा है। वाकई यह प्रकाशन अपने विश्वास, अखंडता और व्यापकता का प्रतीक है। दशकों के कड़ी मेहनत और एक छत के नीचे अपने ग्राहकों को सभी शैक्षिक आवश्यकताओं को प्रदान करने के लिए जो प्रतिबद्धता बनाई है, शायद और कहीं नहीं है। आज भी मीरा जी के संरक्षण में प्रकाशन अपनी गरिमा को बनाये हुए है। मीरा जी एक प्रकाशक ही नहीं वरन एक सशक्त नारी का भी नाम है, जो अपने आत्मविश्वास और कड़ी मेहनत के बल पर, प्रकाशन का कार्यभार सँभालते हुए, माँ हिंदी की सेवा भी कर रही हैं।

■

# नरेंद्र कुमार वर्मा

उस दिन मैं दिल्ली पुस्तक मेले गयी थी। वहाँ घूमते-घूमते मैं डायमंड पब्लिकेशन के स्टाल पर जा पहुंची और वहाँ मेरी मुलाकात 'श्री नरेंद्र कुमार वर्मा जी' से हुई। बातचीत में जब नरेंद्र कुमार वर्मा जी को पता चला कि मैं फ्रेंच भाषा जानती हूँ, उन्होंने तभी मुझसे कहा, "आप हमें तीन पुस्तकें तैयार करके दीजिये, जो की फ्रेंच भाषा से जुड़ी हैं। आप कल पुस्तक मेला खत्म होने के बाद मुझसे मिलिएगा।" मैंने भी हामी भर दी और मैं वहाँ से चली आयी। पुस्तक मेला खत्म होने के बाद, जब मैं उनसे मिली तो उन्होंने तुरंत मुझे तीन पुस्तकों का कॉन्ट्रैक्ट दे दिया। साथ ही उन्होंने कहा कि वो अपनी हिंदी भाषा के लिए बहुत कुछ करना चाहते हैं। इतनी बात के बाद मैं वहाँ से चली आयी। उसके बाद कई बार मुलाकात हुई। लेकिन उनकी वो बात मेरे दिमाग

में घूम रही थी। कुछ दिनों पहले मैं उनसे मिलने गयी और मैंने उन्हें 'हिंदी के नौ सारथी' पुस्तक के, अपने विचार के बारे में बताया। नरेंद्र कुमार वर्मा जी ने मेरी बात सुनकर झट से 'हाँ' कर दी। उनकी उस 'हाँ' ने यह साबित कर दिया कि वो हिंदी भाषा के प्रति कितने समर्पित हैं। जब दो लोगों के एक जैसे विचार मिले, तो परिणाम इस पुस्तक के रूप में आप सबके सामने है।

नरेंद्र कुमार वर्मा जी एक ऐसी शख्सियत हैं, जो कुशल प्रकाशक ही नहीं वरन विशाल हृदय और बेमिसाल व्यक्तित्व के स्वामी हैं। नरेंद्र कुमार वर्मा जी हिंदी भाषा के प्रति पूर्ण रूप से समर्पित हैं। साहित्य और विभिन्न भाषाओं के चिंतक हैं। जाने कितने ही नए लेखक और लेखिकाओं के सपनों को उन्होंने आकार दिया है। हिंदी और विभिन्न प्रांतीय भाषाओं के विकास में अपना योगदान देते रहते हैं। समाज के हर वर्ग और हर क्षेत्र की जरूरतों को समझते हुए, उन्होंने हर तरह की पुस्तक अपने प्रकाशन द्वारा प्रकाशित की है। नरेंद्र कुमार वर्मा जी के हिंदी प्रेम की वजह से यह पुस्तक पाठकों के समक्ष प्रस्तुत होने जा रही है।

अपने सम्पूर्ण जीवन को नरेंद्र कुमार वर्मा जी कुछ इस तरह बयाँ करते हैं, "डायमंड बुक्स का प्रकाशन १९२८ में मेरे दादा जी ने मुल्तान (पश्चिमी पाकिस्तान) से शुरू किया था। सबसे पहले उन्होंने हिन्दी में श्रीमद्भगवद्गीता का प्रकाशन किया। यह वो जमाना था, जब देश में उर्दू का बोलबाला था। उस समय उनको लगा कि देश में हिंदी पढ़ने वालों के लिए और हिंदी को बढ़ावा देने के लिए कुछ नया प्रकाशन किया जाये। जिसके लिए उन्होंने सबसे पहले गीता की आवश्यकता को समझा और फिर हिन्दी की सरल भाषा में उसका प्रकाशन किया। इस प्रकार धीरे-धीरे हिन्दी और उर्दू किताबों का प्रकाशन शुरू हो गया।

देश के बटवारे के बाद मेरे दादा जी नवम्बर, १९४७ को दिल्ली में आकर बस गये और नये सिरे से 'पंजाबी पुस्तक भंडार' के नाम से कार्य करना शुरू किया। उन्होंने यहाँ भी सबसे पहले भगवद्गीता का प्रकाशन और साथ ही साथ पुस्तक विक्रय का कार्य शुरू किया। मेरे पिता श्री गोविन्द रामजी उनके साथ कारोबार को संभाल रहे थे। एक समय दादा जी ने अपने कार्य को आगे बढ़ाने के लिए, यूनानी, आयुर्वेद व धार्मिक किताबों की बिक्री शुरू कर दी। यह करने का प्रमुख कारण, दिल्ली के बाकी पुस्तक विक्रेता

इन पुस्तकों का कारोबार नहीं करते थे। वह अपनी एक विशिष्ट जगह बनाना जानते थे। अनुभव ने उन्हें लीक से हटकर काम करना सिखाया, ताकि ग्राहक वह मांगने आये जो उसे पूरी दिल्ली में कहीं नहीं मिलता। इसके कारण उन्होंने धीरे-धीरे अपना विशिष्ट स्थान अर्जित किया।

हमारा संयुक्त परिवार था, जिसमें मुखिया मेरे पिताजी श्री गोविन्द दास जी थे। उन्होंने भारत के विभाजन का दर्द झेला था। २२ व्यक्तियों के परिवार को अकेले संभालना और एक बसे-बसाये व्यवसाय को नए सिरे से खड़ा करना एक चुनौतीपूर्ण कार्य था, लेकिन उन्होंने पूरे आत्मबल से निभाया। मेरे चाचा जी (श्री दयानन्द वर्मा) का सहयोग भी कुछ वर्षों बाद मिलने लगा। जब आर्थिक स्थिति थोड़ी ठीक हुई, तब फिर से पुस्तक प्रकाशन के मैदान में कूदने की तैयारी की गयी। जिसकी शुरुआत हिन्दी में अकबर-बीरबल, तोता-मैना, शेखचिल्ली के लतीफे, हनुमान चालीसा आदि पुस्तकों के प्रकाशन से की। देखते ही देखते हमने इन पुस्तकों का थोक व्यापार भी शुरू किया, क्योंकि पूरे भारत से पुस्तक व्यापारी दिल्ली से ही पुस्तकें लेने आते थे। दिल्ली में पुराने बसे पुस्तक प्रकाशकों से हम जैसे नये प्रकाशकों का कॉम्पीटीशन था। लेकिन चुनौतियों से लड़ना उनकी फितरत बन चुकी थी। चाचाजी का सहयोग और फिर कुछ वर्षों बाद दूसरे चाचाजी के (श्री प्रभुदयाल जी, जिनका देहांत मुल्तान में ही हो गया था) बेटे श्री अमरनाथ जी अपनी पढ़ाई पूरी करके पुस्तक व्यवसाय से जुड़ गये और पुस्तक व्यवसाय में नई जान डाल दी।

अमरनाथ जी ने दिल्ली से बाहर यात्रा शुरू की और दिन-प्रतिदिन पुस्तकों को दिल्ली से बाहर विक्रय की कोशिश शुरू कर दी। उनकी मेहनत रंग लाई और जल्दी ही पूरे भारत से ऑर्डर आने लगे। यहाँ से हमारे पुस्तक प्रकाशन का एक नया युग शुरू होता है। अमरनाथ जी ने पुस्तकों को एक्सपोर्ट करने का भी प्रयत्न किया और बर्मा (रंगून) से एक बड़ा ऑर्डर ले आये। धुन थी नया करने की और उन्हें शनैः शनैः हर नये प्रयोग पर कामयाबी मिलने लगी।

'जासूसी दुनिया' इलाहाबाद से एक उर्दू मासिक 'इब्ने सफी' निकलता था। उसके मुकाबले उर्दू में 'जासूसी पंजा' नामक मासिक पत्रिका की शुरुआत की। देखते-ही-देखते अपनी मेहनत और लग्न से उन्होंने १९५७ में स्टार पॉकेट बुक्स का निर्माण किया। चूँकि देश में अभी तक उर्दू का जमाना था, इसलिए सबसे पहले उर्दू भाषा में १/- सीरीज की किताबों की शुरुआत की गई। हिंदी पाठकों की मांग को देखते हुए, १९५९ में हिन्दी में भी १/- सीरीज की किताबों की शुरुआत की। सबसे पहले पॉकेट बुक्स के रूप में १० पुस्तकों का एक सेट प्रकाशित किया। उसमें गुरुदत की पुस्तक 'जात न पूछे कोय' और गुलशन नन्दा 'टूटे पंख' का प्रकाशन किया। उसके बाद फिर पीछे मुड़कर नहीं देखा। एक माह उर्दू और दूसरे माह हिन्दी की १०-१० किताबों का सेट प्रकाशित होता गया। गुलशन नन्दा (एक अलादीन का चिराग) हाथ लगा और सौभाग्य की शुरुआत हुई। स्टार पॉकेट बुक्स के माध्यम से पुस्तकों की मांग बढ़ी जो एक ऐतिहासिक बन चुका है। हिंदी-उर्दू की यह सीरिज हाथों-हाथ बिकने लगी। उस बीच दयानन्द जी (चाचाजी), अमरनाथ जी, व तीन बहनों की शादी भी की गई। जब पुस्तक व्यवसाय का विस्तार हुआ, तब दरियागंज में रहने और व्यवसाय का विस्तार करने के लिए एक जगह खरीदी गई। यहाँ से पुस्तक व्यवसाय का चहुंमुखी विकास होने लगा। हिन्दी और उर्दू दोनों भाषाओं में लोकप्रिय साहित्य का प्रकाशन करने वाले हम अकेले प्रकाशक थे। पूरी टीम तन्मयता से विकास में लग गई थी। जो जिसको कार्य सौंपा जाता वो पूरे आत्मबल से उसमें जुट जाता। परिवार के सामूहिक प्रयासों ने हमें एक मकबूल दिलवा दिया।

कुछ वर्षों बाद दिल्ली पुस्तक विक्रेता संघ बना, उसके बाद हिन्दी प्रकाशक संघ बना, फिर 'फेडरेशन ऑफ इण्डियन पब्लिशर्स' बनी और उर्दू

प्रकाशक संघ का निर्माण भी हुआ, जिससे पुस्तक व्यवसाय में आने वाली तमाम कठिनाइयों पर एक नई चर्चा शुरू हुई। हमारी संस्था ने सभी संस्थाओं की सदस्यता प्राप्त की। उस दौर में पुस्तक प्रकाशन उद्योग में हमारी संस्था का नाम, एक उभरते प्रकाशक के रूप में लिया जाने लगा था।

यह वह दौर था, जब हर लेखक लोकप्रिय प्रकाशक के यहां छपना चाहता था। दत भारती, आदिला रशीद, गुरुदत, साहिर लुधियान्वी, अमृता प्रीतम, ईस्मत चुगताई, शकील बदायूनी, जान-ए-सार अख्तर, कैफी आजमी और फिराक गोरखपुरी जैसे फिल्म जगत से जुड़े कई नाम अपने आप जुड़ते चले गये। जैसे-जैसे कारवां बढ़ता गया, कुछ ही वर्षों में हमारी संस्था ने प्रकाशन जगत में एक महत्त्वपूर्ण मुकाम हासिल कर लिया। बड़े पैमाने पर पुस्तकों की बिक्री होने लगी। यह हमारी संस्था के लिए एक बड़ी उपलब्धि बनी। इसी बीच नरेंद्र कुमार वर्मा ने १९६८ में श्री राम कॉलेज से बी.कॉम की डिग्री हासिल की। वर्मा जी को और आगे पढ़ने की इच्छा थी, लेकिन पिता जी के अस्वस्थ होने के कारण उन्हें अपने परिवार का बिजनेस ज्वाइन करना पड़ा। पुस्तक व्यवसाय में नई पीढ़ी के आने से व्यवसाय और अधिक तरक्की करने लगा। जब अमरनाथ जी को लगा कि नरेंद्र वर्मा बहुत मेहनत और लग्न से काम कर रहा है, तब उन्होंने आसफअली रोड़ पर हिन्दी बुक सेंटर की स्थापना का प्लान बनाया। योजना के अनुसार हिंदी बुक सेंटर को बड़े स्तर पर आसफअली रोड पर (डिलाईट सिनेमा के साथ) ५००० स्क्वायर फीट जगह में स्थापित कर दिया गया। दिल्ली ही नहीं, बल्कि देश के अंदर यह पहला और अनोखा प्रयोग था, जहाँ हिन्दी की हर पुस्तक हिंदी प्रेमियों को उपलब्ध होने लगी। इस योजना को पूरे प्रकाशक जगत में सराहना मिली। चांदनी चौक में पुस्तक प्रकाशन किया गया और आसफअली रोड पर विक्रय केंद्र बना लिया गया। हिन्दी के वृहद विक्रय केंद्र को चारों ओर से प्रशंसा मिली। इन २० वर्षों में हिन्दी और उर्दू प्रकाशन जगत में शीर्ष पर पहुंचना, अपने आप में एक बड़ी उपलब्धि से कम नहीं था। कुछ लोग इस बात पर एतराज उठा सकते हैं कि पुस्तक प्रकाशन में पहले भी बड़े प्रकाशक थे। यहां मैं यह साफ कर देना चाहता हूं कि लोकप्रिय प्रकाशन और साहित्यिक प्रकाशन में अंतर होता है। हमने तो लोकप्रिय लेखकों और लोकप्रिय पुस्तकों का प्रकाशन बड़े पैमाने पर किया, जिसकी लाखों प्रतियां

बिकती थीं। इसी के साथ साहित्यिक पुस्तकों का एक विक्रय केंद्र एक ही स्थान पर हिन्दी बुक सेंटर के रूप में हिंदी के प्रेमियों के सामने रखा। यह दोनों हाथों में लड्डू थे। सराहना और विश्वास मिलता गया और फिर एक बार अमरनाथ जी ने भारतीय भाषाओं की पुस्तकों के एक्सपोर्ट का बीड़ा उठाया। पुस्तकों का एक्सपोर्ट तो सभी करते थे, लेकिन भारतीय भाषाओं का एक बड़ा बाजार यू.के., यू.एस.ए., मिडल ईस्ट और कनाडा इत्यादि देशों में था। अमरनाथ जी उसकी खोज में लग गए। भारत का पुस्तक व्यवसाय नरेंद्र कुमार वर्मा के सुपुर्द कर दिया। अमरनाथ जी ने खोज शुरू की और हमेशा की तरह सफलता उनके हाथ आई और भारतीय भाषाओं की पुस्तकों का बाजार उन्होंने अपने कब्जे में किया। यह नई सोच और लगन का फल था कि उनको हर क्षेत्र में सफलता मिलती। पूरा परिवार निष्ठा से इस कार्य में जुट गया था। नरेंद्र कुमार वर्मा और अमरनाथ की जोड़ी धीरे-धीरे पुस्तक व्यवसाय को आगे बढ़ा रही थी।

इसी बीच नरेंद्र कुमार वर्मा के छोटे भाई गुलशन राय ने अपनी पढ़ाई पूरी की और व्यवसाय में जुड़ने की इच्छा व्यक्त की, जिसे अमरनाथ जी ने नकार दिया। यहां से संयुक्त परिवार में विघटन की शुरुआत हुई। अपने सफल हाथों की हर व्यवसाय को जरूरत होती है, यह शायद अमरनाथ जी ने नहीं पहचाना। मैंने गुलशन को प्रिटिंग प्रेस लगाने के लिए कहा और बम्बई में अपने जीजा जी के प्रेस में ट्रेनिंग के लिए भेज दिया। परन्तु पिताजी के हृदयघात होने पर उन्हें बुलाना पड़ा और वे कहते थे, मैंने पेड़ लगाया और फल खाने का समय आया तो आप नए पेड़ लगाना चाहते हैं। यहां से मिनी डायमंड बुक्स की शुरुआत हुई। अब तक हम उपन्यास ही छापा करते थे। विविध विषयों की पुस्तकों का डायमंड में प्रकाशन शुरू हुआ। यह एक ऐसा मौका था कि शुरू करते ही जैसे ईश्वर का आशीष मिला। पहली बार पुस्तकें 'लता के नगमें', 'रफी के नगमें', 'किशोर के नगमें', 'मुकेश के नगमें' छापीं। संयोग वश मुकेश की मृत्यु हो गई। चारों तरफ से उनकी पुस्तकों के बेइंतहां ऑर्डर आने लगे। दो लाख पुस्तकें एक महीने में बिक गईं। ७० का दशक अच्छा सिद्ध होता लग रहा था।

मेरे भाई गुलशन का मन दुःखी था कि उसे अस्वीकार किया गया है। (मैं और गुलशन सगे भाई) दोनों ने तय किया कि कुछ ऐसा किया जाए, ताकि

अमरनाथ जी को एहसास हो कि उन्होंने गुलशन को अस्वीकार करके अच्छा नहीं किया। हम ये जानते थे कि भारत में अमर चित्रकथा और टाइम्स ऑफ इण्डिया में फैण्डम और मैड्रेक्य छपते हैं। लेकिन पुस्तक बाजार में भारतीय चरित्र के कॉमिक्स नहीं थे। हम दोनों को आइडिया आया कि भारतीय चरित्र के कॉमिक्स छापे जाएं। बातचीत शुरू हुई, हम दोनों ने तय किया कि पहले काम करेंगे, फिर अमरनाथ जी को दिखाएंगे। हम दोनों सुबह-शाम अपनी योजना पर काम करते रहे। जल्द ही लम्बू-मीटू, चाचा-भतीजा, छोटू-लम्बू, मीटू-छोटू, मामा-भांजा, फौलादी सिंह, ताऊजी, महाबली शाका, आदि चरित्रों का निर्माण हमारे लेखकों और आर्टिस्टों की टीम ने किया।

डायमंड कॉमिक्स को आर.एन.आई. में रजिस्टर्ड करवा लिया गया। कहानियां लिखी जाने लगीं, आर्ट वर्क बनने लगे और एक नई संस्था का जन्म हो गया। इसी बीच हमने अपना प्रस्ताव अमरनाथ जी को दिखाया। उन्होंने प्रथम स्तर पर ही हमारी योजना को नकार दिया। अमरनाथ जी ने कहा कि जब हम पहले से ही लोकप्रिय लेखकों को प्रकाशित कर रहे हैं, तब हम नया प्रयोग क्यों करें? अमरनाथ जी की बात उन्ही के लिए ठीक थी, लेकिन नरेन्द्र और गुलशन तो अपनी पहचान बनाना चाहते थे, पर्दे के पीछे रहकर जो अब तक काम किया, उसका हमें भी हमारा हक और सम्मान मिलना चाहिए था। हमने अलग होने की ठान ली। पिता जी बीमार थे, वे नहीं चाहते थे कि उनके जीते जी ऐसा हो। लेकिन हम बच्चों की जिद्द और अमरनाथ जी के द्वारा हमारी योजना को सहमति न देना, ऐसी वजह थी जिसके कारण पिताजी को भी अपनी स्वीकृति देनी पड़ी। नई आशा, विश्वास और पिता जी के आशीर्वाद के साथ, पहला सेट पॉकेट बुक्स और कॉमिक्स के उनके सामने ही आ गये थे, जब वे लगभग ५० दिन अस्पताल में रहे। उनकी आखों में चमक थी। लेकिन वह इस गम को झेल नहीं पाए कि मेरे बच्चों का क्या होगा। यह ऐसा दौर था, जब हमने एक पीड़ा, दर्द और आघात के साथ एक नए रण में कदम रखा था। बेसहारा होकर भी हमने अपने वजूद को वरकरार रखने का प्रण ले लिया।

पिताजी के मन में एक पीड़ा थी। वे जानते थे कि उनके जाने के बाद तो हमें कुछ भी नहीं मिलेगा। पिताजी बीमार हो गये और जल्दी ही इस दुनिया से विदा हो गए। उनके जाने के बाद हमने नए सिरे से नई खोज, नया

काम, लेकिन मेरी १२ वर्षों की लगन और आस्था, विश्वास और कर्मठता ने हमें कभी भी आहत नहीं होने दिया। हमारी मां का आशीर्वाद था, सुबह उनके चरण छू कर हम अपने काम में जुट जाते, असफलताओं के बाद भी अडिग अपनी डगर पर चलते गए, न थमने वाले प्रयास ने अंत में प्राण डालने के लिए कार्टूनिस्ट प्राण से मिलवा दिया, चाचा चौधरी, साबू, बिल्लू, पिंकी ने ऐसा रंग विखेरा के हर ओर डायमंड कॉमिक्स की गूंज होने लगी।

*"चुन्नू पढ़ता डायमंड कॉमिक्स, मुन्नी पढ़ती डायमंड कॉमिक्स, मजेदार हैं डायमंड कॉमिक्स"*

डायमंड कॉमिक्स, डायमंड कॉमिक्स यह जिंगल गीत हर रोज दूरदर्शन पर रात्रि ठीक आठ बजे समाचारों से पहले हर घर में बजने लगा। इसके बाद विविध भारती पर १७ वर्ष तक १५ मिनट का प्रयोजित कार्यक्रम इसी नाम से हर इतवार को केडबरीज क्विज कान्टेस्ट के बाद आने लगा। चारों ओर गूंज उठी डायमंड कॉमिक्स और साथ ही डायमंड बुक्स। हमारे संस्थान के साथ यह पहला अनुभव था, जब पाठकों की जुबान पर अपने संस्थान का नाम सुन पा रहे थे। इसके बाद एक के बाद एक सफलता हमारी संस्था प्राप्त करती चली गयी। हमने अपने प्रकाशन का विस्तार करना शुरू किया, जिसके तहत ओशो, अशोक चक्रधर, काका हाथरसी, नरेन्द्र कोहली,

चित्र मुदगल, नीरज, कैफी आजमी, विष्णु प्रभाकर, मन्नू भण्डारी और डॉ. गिरिराज अग्रवाल (विशेष रूप) को प्रकाशित किया, जिनकी वजह से डायमंड एक ब्रांड बन गया। यह ब्रांड एक विश्वसनीय नाम बन चुका है जो आज भी गूंज रहा है।

गृहलक्ष्मी, साधना पथ, क्रिकेट टुडे, जैसी मासिक पत्रिकाओं और १५० से अधिक कर्मठ, कर्मशील कार्यकर्ताओं के साथ हम लगभग १०,००० दुकानदारों, बाइन्डर्स, प्रिंटर्स, पुस्तक विक्रेताओं को रोजगार मुहैया करवाते हैं। आज भी हम अपनी मेहनत, लग्न और कर्तव्यनिष्ठा से पुस्तक प्रकाशन में लगे हुए हैं। जैसा कि दुनिया की रीत है। एक पीढ़ी के बाद नई पीढ़ी अपने व्यवसाय को आगे बढ़ाती है। मैंने और गुलशन ने यह सब किया और अपनी संस्था का विकास किया। लेकिन समय चक्र ऐसा घूमा कि लगभग २० वर्ष बाद १९९७ में एक और बटवारा हमें झेलना पड़ा। गुलशन भाई डायमंड कॉमिक्स लेकर अलग होना चाहते थे। काफी समझाने के बाद भी नहीं माने तो भरे मन से उनके साथ व्यवसायिक बंधन टूट गया और डायमंड पॉकेट बुक्स के साथ नरेन्द्र अकेला रह गया। लेकिन ईश्वर की अनुकम्पा से बेटे मनीष और अंकुर ने इस अवसर को धैर्य से स्वीकार किया कि पिता के संघर्ष को सफलता मिलनी जरूरी है। व्यवसाय में अच्छे सम्बन्धों के चलते दोनों बेटों के साथ ज्यादा कठिनाइयों का सामना करना नहीं पड़ा। दोनों बेटों ने विक्रय प्रबंधन संभाला और उनकी टीम कश्मीर से कन्याकुमारी तक पुस्तक विक्रेताओं के पास जाकर अधिक सक्रिय और कर्मठता से जुट गयी। दोनों बेटों ने कठिन परिश्रम और अपने व्यवसाय के प्रति वचनबद्धता के साथ गृहलक्ष्मी, क्रिकेट टुडे, साधना पथ मासिक पत्रिकाओं के साथ डायमंड बुक्स को और अधिक अनुशासन व् प्रतिबद्धता के साथ अच्छे से अच्छे प्रकाशन प्रकाशित करना शुरू कर दिये। कहते हैं न कि मेहनत करने वाले के सामने कठिन समय ज्यादा देर तक नहीं रहता है, यही हमारे साथ भी हुआ। ऐसे अवसर पर स्वामी रामदेव ने २००० में सक्रिय हुए योग द्वारा पूरे भारत को स्वस्थ करने का बीड़ा उठाया। कहते हैं कि हिम्मते-मर्द-मददे-खुदा। हमने स्वामी रामदेव के साहित्य को पूरे भारत में पहुंचाने का बीड़ा उठाया। स्वामी रामदेव जी केवल हिन्दी में चाहते थे, लेकिन हमारे आग्रह पर उन्होंने १२ भारतीय भाषाओं में योगासन, प्राणायाम व औषध दर्शन पुस्तकों को

छापने की स्वीकृति प्रदान कर दी। हमें जैसे एक आसरा मिल गया। भगवान एक राह बंद करता है, दूसरी खोल देता है। स्वामी रामदेव की पुस्तकों के सहारे डायमंड बुक्स और अधिक चमक-दमक के साथ मार्केटिंग करने लगी और हमने १८ घण्टे दिन में काम करने का निर्णय लिया। ऑर्डर की भरमार लग गई, और गृहलक्ष्मी, साधना पथ, क्रिकेट टुडे, स्वामी रामदेव, ओशो हमारे प्रकाशन से लगातार प्रकाशित होते रहे।

एक बार पुनः मैं स्पष्ट कर दूं कि हमारा ध्येय हमेशा लोकप्रिय साहित्य के प्रकाशन का ही रहा है। पुस्तकों को लोकप्रिय, अल्पमोली और सुन्दर प्रस्तुतीकरण के साथ लाना और पूरे देश में पहुंचाना हमारा ध्येय है। पाठक को पुस्तक पाने के लिये यत्न न करना पड़े, इसके लिए पाठकों तक सीधी पहुंच हमारा ध्येय रहा है। साहित्य जगत के चमकते सितारे किसी भी प्रमुख लेखक को हमने नहीं छोड़ा और उनकी प्रमुख श्रेष्ठ पुस्तकों को हिन्दी के साथ-साथ भारतीय भाषाओं- बांग्ला, गुजराती और मराठी में भी प्रकाशित किया। साथ ही साथ इंग्लिश स्पीकिंग कोर्स, कम्प्यूटर कोर्स, चाणक्य नीति, जैसे लोकप्रिय पुस्तकों को १२ भारतीय भाषाओं में छापकर मार्केट में अपना सिक्का जमाया। डायमंड के त्रिदेव ने अपने पूरे जोश के साथ मार्केट में, बिजनेस में (कॉमिक्स) आई कमी को पाटा और बिक्री को उस स्तर पर ले आए जहां कॉमिक्स के साथ थी। मनीष और अंकुर जैसे सफल हाथों

का साथ मिलते ही मुझे कभी यह आभास ही नहीं हुआ कि हमने नये सिरे से अपना व्यवसाय खड़ा किया था। आज हमारा संस्थान इन दोनों बच्चों के हाथों में सुरक्षित है। यह देखकर मुझसे ज्यादा खुश कोई नहीं हो सकता है। आज भी यह सफर चालू है। आज भी कठिनाइयां तो आती हैं, लेकिन मेरे दोनों बच्चे मनीष और अंकुर साथ हैं, मंजिल चाहे कितनी भी दूर हो, राह चाहे कितनी भी कठिन हो, इन दोनों का सहयोग जीवन में आनन्द दे रहा है। कल, आज और आने वाला कल हमारा है। पुस्तक का हर रूप में प्रकाशन, इन्टरनेट, ई–बुक्स, बुक्स ऑन मोबाईल, पुस्तक पाठक तक पहुंचे, यही हमारा संकल्प है।

**मेरा यह भी विचार है कि हिन्दी को राष्ट्रभाषा बनना चाहिए क्योंकि यदि ऐसा नहीं हुआ तो यह बोलचाल की भाषा बनकर रह जायेगी। सरकारी कामकाज विधि, न्यायपालिका, मेडिकल, शिक्षा आदि में हिन्दी का प्रयोग अनिवार्य कर दिया जाना चाहिए। हिन्दी राष्ट्रभाषा का सच्चा स्वरूप तभी मिलेगा जब हिन्दी पढ़े-लिखे व्यक्ति को नौकरी आदि में प्राथमिकता मिले। यह भारत के लिए जरूरी है।**

नरेंद्र कुमार वर्मा जी की पूरी कहानी में लगा ही नहीं कि उनसे कोई सवाल किया जाये। क्योंकि पूरी जीवन गाथा में मेरे हर सवाल का जवाब छुपा हुआ था। डायमंड पब्लिकेशन की ख्याति से इस बात का अंदाजा लगाया जा सकता है कि प्रकाशन हर क्षेत्र में पूरे आत्मविश्वास के साथ डटा हुआ है। आज भी कितने ही लोगों की आजीविका का साधन है। भारत की संस्कृति और भाषाओं के प्रति समर्पित है। नवोदित प्रकाशकों को सन्देश देते हुए नरेंद्र कुमार वर्मा जी कहते हैं, "जो भी इस व्यवसाय में आना चाहते हैं, वो इसको सेवा भाव के साथ और सच्ची लगन के साथ अपनाएं। पुस्तक निर्माण एक कला है, जो भावना और समर्पण से भरी हुई है।"

नरेंद्र कुमार वर्मा जी ज्ञान, उत्साह और स्नेह का भंडार हैं। मुझे उनके साथ काम करने का सौभाग्य प्राप्त हुआ, ये मेरे लिए किसी स्वप्न के सच होने जैसा ही है। मैं कामना करती हूँ कि इसी तरह उनके संरक्षण में, मैं और भी पुस्तकों का निर्माण कर सकूँ।

■